um cego em buenos aires

um cego em buenos aires

henry bugalho

KOTTER

Copyright © 2019 **Henry Bugalho**
Kotter Editorial
Direitos reservados e protegidos pela lei 9.610 de 19.02.1998.
É proibida a reprodução total ou parcial sem autorização, por escrito, das editoras.

Coordenação editorial: Sálvio Nienkötter
Editor-adjunto: Raul K. Souza
Capa: Paula Villa Nova
Editoração: Bárbara Tanaka
Produção: Cristiane Nienkötter

Dados Internacionais de Catalogação na Publicação (CIP). Andreia de Almeida CRB-8/7889

Bugalho, Henry
  Um cego em Buenos Aires / Henry Bugalho. -– Curitiba : Kotter Editorial, 2019.
  208 p.

ISBN 978-65-80103-11-9

1. Ficção brasileira I. Título

                                                                 CDD B869.3

19-0446

Texto adequado às novas regras do acordo ortográfico de 1990, em vigor no Brasil desde 2009.

Kotter Editorial
Rua das Cerejeiras, 194
82700-510 | Curitiba/PR
+55 41 3585-5161
www.kotter.com.br | contato@kotter.com.br

Feito o depósito legal
1ª edição
2019

Para Denise, Phillipe e Bia

Y la ciudad, ahora, es como un plano
De mis humillaciones y fracasos;
Desde esa puerta he visto los ocasos
Y ante ese mármol he aguardado en vano.
Aquí el incierto ayer y el hoy distinto
Me han deparado los comunes casos
De toda suerte humana; aquí mis pasos
Urden su incalculable laberinto.

(Jorge Luis Borges)

Borges lambia a sola dos meus sapatos. É fome, né, desgraçado!? Separei um naco da carne e atirei. Borges era cego, mas era cão. Reconheceria o cheiro de um *bife de chorizo* a quilômetros. Farejou o ar e se endereçou certeiro ao regalo. Fácil.

Era já o terceiro dia que eu o via por ali. Cachorro velho, cego e meio manco, mas que parecia ter sido bem tratado até não há muito tempo. Talvez alguma família houvesse lhe visto nascer e criado por anos, mas quando envelheceu e as doenças apareceram, resolveram se livrar dele, sem mais, como fazemos com os nossos velhos e doentes. Não fosse a eventual crueldade dessa família e eu jamais teria conhecido Borges, nem ele teria salvado a minha vida, da maneira que salvou.

Acenderam um cigarro na mesa ao lado. Gritei pela conta. A garçonete, como sempre, fingiu que não ouviu. Fui ao caixa. Borges permaneceu sentado ao lado da mesa na calçada em que eu estava.

Portenho típico, o dono do restaurante nem olhou na minha cara, tampouco agradeceu os trinta pesos que joguei no balcão, e sequer respondeu meu *hasta luego*. Saí dali puto, mais uma vez.

Meia quadra depois percebi que Borges me seguia. Farejava timidamente o ar à minha procura e, quando eu me voltava pra atrás, recuava, como que com medo de mim. Prossegui meu caminho e ele me seguindo. Era um jogo: eu sabia que ele procurava um novo dono, e por certo pressentia que eu precisava desesperadamente de um amigo.

Me sentei no meio-fio diante da porta do meu prédio e encarei os olhos embranquecidos do Borges.

Você sabe que não posso cuidar de você, não sabe? Ele nada respondeu, arfava e balançava a cauda lentamente enquanto sustentava um risinho velado. Não, ele definitivamente não sabia que eu não podia. Para Borges, eu era simplesmente uma alma cujo caminho trombou com o caminho dele naquela tarde, uma alma boa, já que havia dividido com ele um pedaço de carne e que, talvez por isto, estivesse disposto a dar-lhe mais: um lar, uma mão para o afago, uma almofada para dormir enquanto seu novo dono ouvisse talvez a Quinta do Beethoven, a do destino.

Sinto muito... Não posso... Repetia com voz cada vez mais incerta, e esta interdição nem era externa, já que não atentaria contra o regulamento do prédio, havia mais de meia dúzia de cães e gatos lá, e alguns de tamanhos consideráveis malgrado os pequenos apartamentos. Simples, eu não queria a responsabilidade de ter de cuidar de uma criatura velha e doente. Seria excessiva carga nas costas. E afinal, ficaria em Buenos Aires por tão pouco tempo. Era concluir meu romance, empacotar as coisas e fora! Não podia recolher um cão de rua velho, pô-lo dentro de casa e, depois de alguns meses, lançá-lo novamente à sarjeta como os donos anteriores dele por certo fizeram. Não sou desses. Não devo ser assim, pensei com culpa ao lembrar do que fiz com minha ex-mulher, com meu filho, com meus amigos e parentes, os cortando de minha vida como se nenhum deles tivesse valor ou importância. Sem remorso, sem dor, sofrimento nenhum. Então, por que me sentia em débito com Borges, aquele cão feio e velho? Talvez não fosse mais o mesmo, talvez eu estivesse fragilizado, severamente fragilizado, como nunca antes. Trazer o Borges para meu lar e depois abandoná-lo afetaria mais a mim do que a ele, sem dúvida. Seria rasgar o meu último atestado de humanidade. De certo modo, eu estava em débito com Borges, não com o cão, mas com o mestre Borges, o escritor que angustiou minha juventude, que me causou grandes inquietações e que me instigou a me tornar escritor que sou... que serei. Durante muitos anos, eu repetiria para meus amigos e alunos que os livros não mudam as pessoas, que isto é um mito romântico, que são as pessoas que se transformam e para isto pode haver qualquer gatilho. Basta que assistamos a um filme, leiamos um livro, escutemos uma música ou vejamos uma cena perturbadora nas ruas para acionarmos um mecanismo de mudança que já estava latente ou até em curso. É o estopim, a ponta do iceberg, o pé-na-bunda que nos põe em movimento. No entanto, olhando em retrospecto, "Ficções" de Borges não havia mudado a minha vida? Eu era um rapaz estúpido e sem grandes ambições, então, num Natal, um tio improvável me presenteou com um livrinho de contos de um escritor argentino do qual eu nunca havia ouvido falar antes.

 É uma leitura interessante, disse titubeante. O livrinho repousou intocado por meses sobre meu criado. Eu gostava de ler naquela época? Mal me lembro, talvez sim, talvez não. Jogava videogame, ia ao cinema sempre que podia e ouvia escondido as fitas cassetes do meu irmão. Devo ter lido Conan Doyle, Dumas e Agatha Christie, gibis de super-heróis, bem como uma pilha de best-sellers dos quais hoje ninguém mais se recordaria. Enfim, revolvi ler o presente de meu tio, a antologia mais famosa de Borges. Um novo mundo se abriu, e fui apresentado a conceitos e nomes que jamais imaginei existirem. Borges falava de Schopenhauer, Berkeley, Joyce, Espinosa e Cervantes. De Freud e Henry James. Era toda uma enciclopédia, todo um universo a ser explorado. Fui tomado por um furor, tal qual um erudito a descobrir um manuscrito antigo e secreto, e dediquei todo o meu tempo a entender aquela obra. Havia sido o meu primeiro contato, ainda que enviesado, com a Filosofia: e eu entrava de sola na pós-modernidade. Demorei anos para realmente compreender aquele livro e, para tanto, fui arrastado a uma infinidade de leituras secundárias. O escritor cego foi a minha a luz-guia, que me introduziu na biblioteca infinda da intertextualidade. Os livros conversam, pelas orelhas... Depois de Borges, viriam Bioy Casares e Cortázar, eu havia me aficionado pela literatura argentina, mas o mestre sempre foi Jorge Luis Borges.

Borges, o cão, não se chamava Borges antes, imagino. Uma vez, ouvi alguém o chamando de Pepe e um menino o conhecia por Diego. Fui eu quem o batizou de Borges, numa estranha homenagem. Posteriormente, tudo fez sentido, pois assim como livros, músicas e filmes podem desencadear uma transformação já em gestação, por que um cachorro cego e velho não poderia? Pois o mundo está aí, ao nosso redor, alfinetando-nos o tempo todo, instigando-nos a confrontá-lo. Basta que a ocasião se encontre com a situação para o movimento se iniciar, então não há mais volta, nada retorna ao estado inicial, nada mais pode ser consertado.

Preciso concluir o meu romance... Resmunguei de mim pra mim, mentindo. Para concluir alguma coisa, você precisa tê-la iniciado. Há meses que eu me digladiava com a primeira frase do livro, sempre postergando, inventando alguma desculpa para não ter de encará-la novamente. Primeiro, foi a maratona turística que empreendi por Buenos Aires, de museu em museu caminhando pelas ruas e bairros históricos da cidade, tentando reconstruir, em vão, a experiência que havia tido nos livros dos meus autores favoritos. Logo descobri que a Buenos Aires dos meus sonhos literários ou estava morta ou jamais teria existido, senão nos romances e contos que eu admirava. Era como se Eco repetisse o tempo todo em minha mente que a ficção não precisa se adequar à realidade, e Buenos Aires era a maior prova disto. Em seguida, entrei em desânimo, a cidade começava a quebrar o meu espírito. Estava isolado e ninguém dava a mínima para a minha existência. Há toda uma beligerância nos portenhos e, no início a tomei como algo pessoal, eles estariam *me* atacando. Aos poucos, constatei que estavam *se* atacando, o tempo todo, que todos eram inimigos de todos, e eu havia entrado de peito aberto, ingenuamente, no meio de uma guerra hobbesiana. Eu deveria culpar a amabilidade dos brasileiros, os sorrisos sempre estampados na cara, a subserviência eterna para agradar os demais e o medo constante do que os outros vão pensar de nós. O Brasil havia me mal-acostumado, forçando-me a esperar gentileza quando, em Buenos Aires, a moeda de troca é a grosseria. Reforce esta brasilidade com alguns anos como professor-convidado numa universidade americana e o estrago está completo. Por mais que os americanos não sejam dados a demonstrações de afeto, são de uma educação e civilidade impecáveis, é fácil nos adaptamos ao que é bom. Muitos me condenaram quando anunciei que largaria tudo, viria para Buenos Aires e me arriscaria, finalmente, na carreira literária.

Enlouqueceu? Sair dos Estados Unidos e ir para a Argentina? Fazer o que lá naquele fim-de-mundo? Respondia com um sorrisinho desconcertado, quando, no fundo, desejava retrucar truculento que era eu quem sabia da minha vida, que não havia pedido conselhos ou opinião de ninguém, que fossem se foder.

Ninguém escolhe ser escritor, assim como ninguém escolhe ser cantor, pedreiro ou advogado. Aliás, penso que ninguém escolhe nada, que vivemos uma ilusão de liberdade, que tudo é como é. A liberdade só existe em retrospecto, quando olhamos para trás e divagamos "caramba, eu devia ter feito diferente", pois, na hora crucial, no momento da decisão, de bater o pênalti e fazer o gol, somos apenas nós, com a nossa natureza, com toda a nossa bagagem, com nossos traumas e neuroses, histeria e obsessão, enfim, com nosso inconsciente e instinto. E as decisões que tomamos são as únicas que poderíamos ter tomado naquele instante específico, era a única possibilidade, sem liberdade, sem escolha, somente o inevitável e a falsa crença de podermos controlar nosso futuro. O Sartre maduro refutou o jovem Sartre, que defendia que o homem é um ser livre. Se eu recolhi os meus trapos e abandonei mulher e filho em Nova York e vim para Buenos Aires, mergulhando voluntariamente numa solidão opressiva, era porque já não podia mais viver naquele ambiente, cercado por pessoas que não me acolhiam, que não me entendiam e que não me acatavam. Era porque já não podia mais sustentar a mentira do cargo universitário, do professor de Filosofia, repetindo dia após dia palavras das quais já duvidava. Assim como um dia eu havia questionado todos os dogmas das religiões, tendo de bater de frente com o catolicismo hipócrita dos meus pais, nesse momento eu já havia posto em dúvida todas as teorias e conjeturas dos filósofos. Tudo aquilo já não me dizia mais nada, já não me completava mais, nem respondia minhas questões verdadeiramente cruciais. A solução era voar a Buenos Aires e viver o sonho da escrita, da criação; era isto ou meter uma bala na cabeça, ou jogar-me da Ponte do Brooklyn. Há quem consiga gastar uma vida se enganando, vivendo sonhos e cumprindo metas alheias, mas eu não podia mais.

Acho que é hora de você ir, Borges. Ele permanecia sentado ao meu lado, fitando-me com olhos seus olhos já inúteis e a cauda a abanar.

Num instante, imaginei Borges claudicando pelas ruas escuras de Almagro, dormindo entre as cartolinas e rasgando com suas patinhas os sacos de lixo à procura por algo que comer. Se chovesse, ele se refugiaria sob uma marquise e, assustado, trêmulo, orelhas abaixadas, rabo entre as pernas, se encolheria a cada trovão. Talvez levasse uma surra ou outra de um indigente, ou do dono de algum restaurante que não o quisesse por perto. E esta seria a vida que ele levaria daquele ponto em diante, até que, um dia desapareceria da vizinhança, e assim todos teríamos a certeza que havia morrido, fosse de velhice, fosse pela maldade de alguém.

Deslizei a mão pelas costas de Borges e ele se deitou de barriga para cima, esparramando-se, entregando-se incondicionalmente a mim, acatando-me como seu amo.

Puta que pariu! Resmunguei. Levante-se e venha comigo. Entrei no prédio.

**

Da minha escrivaninha, o assisti farejando tudo no apartamento, o interior dos meus tênis, debaixo da pia e da cama...

Estava reconhecendo o território. Lá fora, ao longo das quadras da Guardia Vieja e arredores, ele já sabia se virar. Aqui dentro, tanto ele quanto eu deveríamos nos readaptar, aprendermos a conviver um com a presença do outro. Ele teria de aceitar minhas manias, meus horários esdrúxulos, acordando após o almoço e dormindo quase ao nascer do sol.

Não foi à toa que alguns amigos me alcunhavam "O Vampiro de Curitiba". Precisava também entender o meu silêncio e, às vezes, a minha indiferença. E eu me comprometia a compreender o Borges, os latidos para os ruídos estranhos da madrugada, o *tec-tec* das patinhas a caminhar de um lado ao outro da casa, os móveis e paredes mijados quando decidisse que era hora de demarcar seu território, ou o que mais contivesse o pacote Borges. Nunca havia tido um cachorro antes, por isso me sentia inseguro e até intimidado. Quase todos os meus amigos, durante a infância, tinham animais de estimação, e eu, cria de apartamento, invejava-os sem poder ter o meu. O tempo passou e com ele essa vontade. Vieram a esposa, a casa, o quintalzinho e o filho, recoberto de alergias. Quando sugeri comprarmos um gato, minha mulher me olhou como se visse um doido. O quê? Quer matar nosso filho? Óbvio que eu não queria isto, mas foi assim que a ideia de um gatinho felpudo foi para sempre sepultada. Mas agora havia o Borges, o vira-lata cego, que escolhera a mim, ao invés de eu a ele. Talvez as coisas devessem ser assim, suponho que os animais tenham intuição suficiente para escolher seus próprios donos, para distinguirem quem merece a companhia deles de quem não a merece, ou o que mais explicaria as fugas, os animais que desaparecem para nunca mais retornarem ao lar? Bem, há aqueles criados em cárcere permanente, sem acesso ao mundo e que, uma vez fora, sozinhos, sequer saberiam como reagir nem como retornar para seus donos: os perdidos acidentais. Mas por certo há muito mais casos de perdidos propositais que, ou pulam o muro de casa porque não suportam mais seus donos ou porque a selvageria da rua lhes soa, paradoxalmente, atrativa. Não seria Borges um destes fujões que, na plenitude de sua velhice, saturou-se dos donos enfadonhos e, na primeira oportunidade, fugiu trôpego para não mais voltar? E agora, arrependido, sem saber o caminho de casa, perseguiu o primeiro sujeito suficientemente ingênuo, comovendo-o com seu olhar embaçado, convencendo-o a adotá-lo para que ele pudesse, enfim, reviver a experiência de ter um lar e uma família? Ou estaria eu antropomorfizando um cachorro imbecil, dotando-lhe de ambições, pensamentos e reflexões que eram minhas, jamais dele? Daqui a pouco, eu começaria a conversar com Borges, bate-papos que teria com amigos em bares, crente que ele me compreendia e, se ele fizesse algum movimento com a cabeça, desse alguma lambida, ou erguesse as orelhas, eu interpretaria o gesto de aprovação ou negação. Então eu já teria me tornado como os loucos, que conversam com samambaias, falam consigo no espelho e acreditam em babaquices esotéricas como na alma do mundo e na transcendência e pureza dos animais. O fato é que eles são feitos da mesma matéria que nós, dos mesmos ossos, músculos e tripas, têm instintos como os nossos, e nem é preciso mencionar a racionalidade como nossa medida de superioridade, pois existem muitos chimpanzés, orangotangos, baleias e golfinhos mais inteligentes do que a maioria dos seres humanos. Vai saber. Talvez Borges fosse um destes cães superdotados, com uma inteligência acima da média, quem sabe superior a de todos os portenhos juntos, e justamente por isto ele foi capaz de reconhecer o quão necessitado de ajuda eu me encontrava. Compadecer-se de alguém é também um ato de inteligência, o ato supremo talvez.

**

Borges fedia. Só pude perceber isto ao me fechar com ele num ambiente.

Porra, cachorro, você fede, hein! Mas Borges ligou? Continuou de um lado pra outro, cheirando tudo.

Abri o chuveiro. Se todos os problemas do mundo fossem tão fáceis de solucionar quanto este, não existiriam guerras, política, nem teorias. Para limpar a sujeira do mundo, bastaria abrir o chuveiro e mandar a borra ralo abaixo.

Borges relutou. Ao ver a banheira e a água a jorrar, emitiu grunhidos, abriu as pernas, tentando agarrar-se em qualquer coisa, na borda da banheira, na cortina, em mim.

Não, não, não! Vai tomar banho e sem reclamar! O enfiei na banheira, onde permaneceu paralisado, como se estivesse vendo água pela primeira vez. Deixe de frescura, cão do inferno! Com certeza, você já passou por coisa pior morando nas ruas... Mas, ao mesmo tempo, tentei ser delicado com Borges, igualzinho à primeira vez que dei banho no meu filho, ele bebê de dias, e eu e minha ex-mulher aterrorizados pelo medo de que se afogasse. Tudo feito gentil e lentamente, limpando com precisão milimétrica cada dobrinha. Com o passar das semanas, o banho deixou de ser uma operação amedrontadora, metíamos a criança na banheirinha e a esfregávamos, como se lava roupa no tanque. Eu também não queria que Borges morresse no chuveiro, engolindo água e se afogando, no entanto, já havia assistido a tantos comerciais de ração para cachorros, em que labradores lindos são esguichados com mangueiras, depois chacoalham aquela pelama toda e, em câmera lenta, acompanhamos a água sendo arremessada em todas as direções. Isto é só um banho num cachorro, não uma cirurgia neurológica. Falei de mim pra mim e, aos poucos, Borges começou a ficar mais confortável, mesmo derrapando de quando em quando na louça da banheira e suplicando-me, com seus olhos cegos, para acabar logo com aquele suplício.

Depois do xampu e do enxágue estava limpo e lindo. Bem, lindo ele não estava, mas fedia mais não.

**

Peguei dois cobertores, os estendi num canto do apartamento, próximos à minha escrivaninha. Borges se aproximou deles com cautela, depois, com a pata, conferiu a maciez e decidiu que estava bom. Deu duas ou três voltas ao redor de si e deitou-se sobre eles, com a cabeça entre as patas, olhando em minha direção.

Eis sua cama! Acho que deva ser quentinha e confortável. Logo adormeceu e eu fiquei sentado diante do computador, determinado a iniciar, de uma vez por todas, o romance. Pelo menos uma linha que abrisse o turbilhão de pensamentos e emoções, que encadearia atrás de si uma frase após outra, de parágrafo a parágrafo, página a página, até a completude. Mas nada me parecia bom o suficiente. Talvez devesse começar com contos ou crônicas, murmurei comigo. Mas quem lê este tipo de Literatura hoje? Seria energia desperdiçada em obras que jamais teriam leitores, que terminariam fatalmente numa gaveta. Quem escreve, escreve pela glória, se não a presente, pelo menos a futura, um dia. Todo e qualquer escritor tem, dentro de si, mesmo que não verbalize ou não reconheça, o delírio de imortalizar-se, de inserir-se na galeria dos grandes mestres, ao lado de Dostoievsky, Kafka e Balzac. Contudo, nem todos têm o talento, a competência e, não podemos menosprezar também o fator sorte, para um dia integrarem-se a este panteão. A maioria, assim como eu, se debate incessantemente com a primeira linha, com a inspiração que não vem, com as demais distrações do mundo, com a fominha que nos leva à geladeira, com as desgraças dos telejornais, ou simplesmente com a preguiça. Talvez, mais do que a glória, o que impele alguém a tornar-se um escritor seja a preguiça, e não apenas a preguiça do labor físico, das longas horas num escritório ou numa fábrica, mas a preguiça existencial, um cansaço eterno da ação potencial, a vagabundagem criativa, ou o ócio aristotélico, uma condição para quem deseja criar. Pois o artista, nas mais das vezes, é um desajustado, não se encaixa nas normas, não respeita os horários, não aceita o óbvio e nem se conforma com o estabelecido. Desta preguiça inerente ao artista nasce, de maneira intangível e incompreensível, o dínamo que interpreta e move o mundo. E é através dos olhos dos artistas que nos vemos refletidos, para o bem ou para o mal. Ninguém fica impassível diante de sua própria imagem, principalmente quando nos estapeia uma figura grotesca e assustadora que não imaginávamos ostentar.

Borges se moveu sobre os cobertores, esticando-se todo, espreguiçando-se. Acomodei-me ao lado dele.

Como é simples a sua vida, Borges, você tem ideia? Não precisa trabalhar, nem provar nada a ninguém. É comer e dormir e acasalar de quando em quando. Acariciei as orelhas dele. Você não tem casa, não paga contas, não tem carro, não tem esposa, nem filhos (se os tem, estão aí pelo mundo, virando-se por conta própria), nem nada. A liberdade é uma ausência, meu pequeno Diógenes, quanto mais temos, mais acorrentados estamos, mais nos apegamos ao que parece ser essencial. Porém, o essencial é pouco e tão evidente que mal conseguimos enxergá-lo. O essencial é aquilo de tão íntimo e intransferível que, na falta dele, perderíamos nosso ser. Você que é feliz e, se não for, deveria ser, Borges, pois tem o essencial, e isto ninguém poderá lhe tirar. Ele entreabriu os olhos e lambeu a minha mão, num agradecimento sem a noção de gratidão, que é tão nossa do bicho-homem. De nada, Borges...

E deixei-o descansando, pois, para mim, o dia de trabalho também já havia terminado, a linha desafiadora ainda por escrever.

**

Apanhei duas fatias de pão e encontrei na geladeira um pacote de presunto quase para vencer. Desde sua cama, Borges examinava cada movimento meu e, assim que identificou o cheiro de comida, rapidamente se levantou e postou-se ao meu lado, rabinho e língua ao ar.

A sua comida? Finalmente me dei conta. Precisamos providenciar algo, encher este buchinho. Por hoje, acho que um sanduíche de presunto há de quebrar esse galho. Preparei dois sanduíches, um pra cada. Borges agarrou um deles da minha mão como só um cão de rua sabe fazer e correu para seus cobertores, com o sanduíche na boca. Pus um pote d'água próximo à cama dele. Devorou o sanduíche em dois segundos, bebeu metade da água, estirou-se nos cobertores e apagou gostoso.

Sonharia Borges em seu sono? Talvez devaneios surrealistas como os de Dalí, com homens invisíveis, elefantes com pernas de girafas, desertos imensos e o tempo a escorrer, ou seria como o nosso sonhar habitual, com uma incoerente coerência, revivendo algo do que já se passou e projetando anseios? Ou seria um sono sem sonhos, um vazio, uma negação, a mera suspensão dos sentidos e, uma vez mais, o sinal de liberdade, da pureza budista de nada desejar, não esperar nada e não sofrer por nada? Talvez ele sonhasse sim, com temíveis crianças de pedras às mãos? Com outros cães com quem deveria disputar o suado osso? Não fosse os sonhos, o que explicaria os rosnados, tremores e pernas a cavalgar o ar, enquanto um latido tímido e assustado embalava seu sono? Por certo, sonhos repletos de emoções, reais epopeias homéricas que, se um destes cães resolvesse relatá-los um dia, teríamos aventuras de dar inveja a Simbad e a Zorro.

Anoitecia. Deitei e liguei a TV. Uma ou duas vezes por semana, conferia o telejornal, para me informar sobre o último trem descarrilado, sobre a *Sudestada* que se aproximava e que alagaria toda a Zona Norte, derrubaria árvores, todos os fios de alta tensão e nos deixaria nas trevas por toda uma noite. Havia optado conscientemente por essa alienação. Não me interessava política, e pouco se me dava às quantas andava o Brasil ou os Estados Unidos. Os homens-bombas a explodir ao redor do mundo eram problemas para os que se explodiam e para quem tivesse de recolher os pedaços deles num raio de quilômetros. Ah, um problema também para suas vítimas, é forçoso reconhecer. Só me diriam respeito se um deles resolvesse se detonar, por exemplo, diante da minha porta. Tampouco eu queria saber qual havia sido o último grande livro, nem qual era o mais recente lançamento nos cinemas. Nada me diziam os escândalos das estrelas de Hollywood ou das novelas, e nada me importavam os deslizamentos de terra em morros cariocas, o aumento descontrolado do uso do *crack*, a disparada do dólar ou do barril de petróleo. Eu assistia ao jornal apenas para confirmar se o mundo não havia acabado! Aliás, seria ótimo se o fim do mundo chegasse logo, desde que o mercadinho chinês do outro lado rua continuasse firme. O fim traria tamanha paz, encerraria tantas preocupações, que, tenho certeza absoluta, o Universo seria muito melhor... ou a mesma coisa, mas sem a nossa danosa espécie por aqui. "Alienado", uma expressão tão benquista dos meus antigos colegas de faculdade e, posteriormente, dos de cátedra; exala talvez a maior ofensa que um marxista possa proferir contra alguém. Para eles, antes um reacionário, que é um engajado às avessas, lutando pelos interesses do capital, do que um alienado, uma marionete do poder, que desconhece seu papel na sociedade e que não se importa. Mas os verdadeiros alienados são todos eles, que acreditam que seus gestos tolos, suas bandeiras vermelhas e gritos de protesto fazem qualquer diferença na ordem cósmica. O ser humano tem de entender que não passa de um tubo, um tubo de fazer bosta. Nós todos neste planetinha do cu da galáxia, que por sua vez está na banda esquerda da bunda do Universo, vendemos nosso único bem, nosso tempo, trabalhamos quarenta horas por semana, para comprar coisas, guardar coisas, presentear coisas, morrer por causa de coisas que não nos dizem respeito. Damos o sangue para que outros possam acumular mais coisas, e cunhamos palavras, expressões e conceitos para denominarmos estas coisas, quando, no fundo, nada disto faz sentido algum. Somos apenas uma poeira insignificante num Universo inconcebível com seus zilhões de estrelas e planetas, organizado com uma precisão muito além do que a nossa limitada compreensão pode abarcar. De toda a nossa História e nossa sabedoria, de nossas conquistas, de obras de Arte não restará vestígio sequer no passar dos séculos, dos milênios e dos éons. E os alienados e os engajados estarão todos mortos, esquecidos e apagados pelo oceano eterno do tempo. A vida é apenas um flash entre duas grandes escuridões. O homem é muito pequeno, muito limitado, e é vão o meu e o seu trabalho, o seu e o meu sacrifício, vãs as minhas e as suas lágrimas. Tudo em vão, sem sentido, nenhum propósito ou explicação.

Olho o relógio, é tarde e não tenho sono. Reviro a pilha de livros ao lado da cama à procura de algum que ainda não tenha lido. Aos vinte anos de idade, minha meta era conseguir ler todos os livros do mundo, de poder alcançar e reter todo o conhecimento possível. Hoje, aos trinta, tento descobrir aquela vintena de grandes obras que reúne o que há de mais essencial da experiência humana e que merece ser relida sempre. Um homem não necessitaria ler mais do que estes vinte livros, uma minibiblioteca da Humanidade. "Hamlet" é um deles, sem dúvida, e "A Metamorfose" de Kafka é outro. Todos os dezoito demais títulos desta coleção absoluta são passíveis de questionamento, de substituições, ou de críticas, uma disputa infinda. Encontrei um de Bulgakov, uma leitura interrompida pela metade, era hora de retomá-la, mas, uma dúzia de páginas depois, enfadei-me. É estranho ler um romance russo numa tradução espanhola, absurdo, tão absurdo quanto ler Fernando Pessoa em sânscrito. A leitura já não me absorvia como antes, tudo parecia a repetição de algo escrito anteriormente, nada original, nada que me inquietasse profundamente, era uma rede eterna de referenciação. Talvez chegasse um dia em que eu me esquecesse deste cânone perfeito e dos livros, quando o mais importante não será o que se conhece, mas o que se vive, a experiência para além das palavras, tão extraordinária que não caiba em livros, em teses, nem possa ser compartilhada verbalmente senão com uma perda considerável de sua potência. A vivência intraduzível e única, que não se encontra em página alguma das incontáveis páginas já escritas. Em suas últimas palestras, me disse uma amiga — calma, vocês ainda vão a conhecer —, Lacan abandonou as palavras e passou a se comunicar com nós, sim, distintos nós em cordas, cujo sentido nenhuma palavra estava apta para apanhar.

 Tomei banho, cuidei dos dentes e voltei para a cama. Borges ainda dormia em cheio. Devia carregar nos ombros a exaustão do mundo depois de viver nas ruas. Aquela por certo seria a primeira noite tranquila de sono que ele tinha em semanas ou meses.

 Quisera eu poder dormir daquele jeito.

**

Há muito que eu não dormia bem. Primeiro, por uma falha que sempre me acompanhou, desde garoto: o cérebro a trabalhar constantemente, julgando elaborar as ideias mais brilhantes e extraordinárias, que por certo um dia espantariam o mundo. Projetos mirabolantes de dominação global, de ficar rico sem muito esforço. Às vezes, tomava-me horas e horas a tarefa de acalmar minha mente pra conseguir chegar ao sono. A minha tática se inverteu, então. Ao invés de buscar o sono, eu aguardava que ele me encontrasse. Até alta madrugada, eu permanecia desperto, lendo, caminhando de um lado ao outro do quarto, ouvindo música ou refletindo, sentado na cama. Em algum momento, meus olhos deveriam começar a pesar, meus pensamentos se tornariam confusos e eu seria obrigado a dormir, uma exigência do corpo, uma necessidade básica. Eu odiava este maldito relógio-biológico que me fazia dormir enquanto todos estavam acordados, e que me despertava quando todos os demais da cidade dormiam. Minha ex-mulher, ao contrário, era daquelas que amanhecia naturalmente com o cantar do galo, às seis da manhã, entorpecida de disposição para o belo dia que raiava, enquanto eu, neste horário, havia acabado de vestir o pijama e ensaiava os primeiros cochilos. Vivíamos uma vida invertida: ela, sol; eu, trevas. Extremos opostos nos atos e na vida, ela tinha amigos, eternamente a sorrir, envolta numa aura de luz, enquanto eu ficava só, amigos distantes ou ausentes, melancólico, sempre na penumbra do meu escritório a ponderar. Como uma mulher da natureza dela um dia pôde se interessar por alguém como eu está além da minha compreensão. Ela podia ter tido o homem que desejasse, mas, ainda assim, quis a mim, o soturno eu. Me entreguei, claro, ao brilho dela, tal como a mariposa se avizinha da luz. Mas aos poucos fomos percebendo o quão incompatíveis éramos.

Esta constatação demorou um pouco para ocorrer, dois anos ou mais talvez, mas, quando nos demos conta, havíamos nos tornado inimigos mortais. Este é o pior fim para o que outrora foi amor. Quando o carinho e afeto mútuo míngua e um casal simplesmente se afasta, cada um seguindo seu próprio rumo, tudo bem. É triste, pois todo fim é triste, mas é um final delicado, do desgaste natural de tudo que sob o sol viceja. Contudo, quando o amor se converte em ódio, quando tudo que admirávamos em alguém se torna repulsivo, quando a própria companhia da outra pessoa nos induz a concebermos os maiores atos de crueldade apenas para nos vermos livres da presença dela, é uma catástrofe. Odiar quem já se amou é o que há de mais destrutivo, faz com que você odeie a si próprio por carregar esse amargor. E eu não suportava mais o olhar de desdém dela a cada vez que eu mencionava meus sonhos de escrita. E vai pagar as contas com o quê? Perguntava. Nem tudo é dinheiro. Respondia eu. Farpas constantes e diárias. Ela engravidou ainda nesta fase, quando já não nos suportávamos mais e foi o bebê que nos agrilhoou por mais um par de anos. Para mim, foi ótimo, assim ela podia se entreter brincando de boneca com o nosso recém-nascido, mas quando o brinquedo perdeu o encanto da novidade, ela voltou suas armas contra mim, e a guerrilha doméstica se instalou uma vez mais. Neste ponto, não dava mais, estávamos por demais apartados para tentarmos qualquer reconciliação, éramos apenas dois estranhos, intumescidos de rancor mútuo, vivendo sob o mesmo teto.

Minha segunda dificuldade para dormir advinha da vizinhança. Era necessário silêncio absoluto para que eu adormecesse. Bastava uma goteira, um gato miando sobre algum dos telhados vários, um bêbado a cantarolar na rua, ou um bebê chorando seis andares acima, que minha noite de sono estava arruinada. Vivo num estado de alerta constante, e o ranger do chão do quarto sempre vai representar um bandido em vias de me matar. Se eu fosse psicanalista, provavelmente botaria a culpa em meus pais, que saíam à noite para jantarem fora, para irem a boates, e deixavam a mim e a meu irmão sozinhos em casa. Me amedrontava a noite e os perigos reais e imaginários que ensejavam a escuridão. Eu e meu irmão atravessávamos a madrugada assistindo a filmes de terror. Mas, na hora em que cada um ia para seu quarto, era o pior momento para mim, aí todas as cenas mais terríveis retornavam vívidas à minha mente, e o monstro do filme me rondava escondido nos cantos, fitava-me pela janela, dentro do armário, ou, o pior de tudo, entrava debaixo da minha cama. Qualquer estalo na casa era o que bastava para me arrepiar dos pés aos cabelos, obrigando-me a desfiar um rosário de Pais-nossos e Aves-Marias até conseguir me acalmar e, enfim, com sorte, dormir. Nas mais das vezes, eu só me apaziguava ao ouvir o ruído da chave na porta, o sinal que papai e mamãe haviam retornado bem, que não haviam sofrido nenhum acidente na madrugada e morrido os dois, deixando-nos órfãos. Este era outro dos meus maiores temores, ter de ser criado por outra pessoa, um desconhecido que nos adotaria num orfanato, ou, a mais horrenda de todas as hipóteses, por minha madrinha, uma pessoa detestável, a quem eu odiava com a força do meu coração, que inescapavelmente me recebia na casa dela com uma colherada de óleo de fígado de bacalhau e que não me poupava de uma surra de vara de marmelo sempre que julgava apropriado, deixando-me vergões vermelhos e profundos nas pernas que eu ostentava com resignação estoica nas aulas de Educação Física. Assim, quaisquer ruídos exteriores traziam-me imediatamente, e de maneira inconsciente, todas estas lembranças e temores infantis, e residir num edifício habitado por jovens casais e universitários, num bairro com uma incipiente vida noturna, não contribuía para o meu sono. Até duas ou três da manhã eu podia ouvir conversas animadas, risos e gargalhadas em apartamentos vizinhos, o som do elevador subindo e descendo, alguém arrastando algum móvel, outro assistindo TV nas alturas. O ranger da cama e os intensos gemidos de prazer da moradora acima reforçavam minha sensação de solidão e desamparo, mas também me encaminhavam ao banheiro, onde me masturbava forte sob o chuveiro quente até explodir. Nestes instantes chegava a sentir saudades da minha ex-mulher, pois o único lugar onde sempre havíamos nos entendido bem era na cama. Sexo nunca segurou nenhum casamento... quando todo o resto falta, quando já não há mais afeto, impedindo a ternura, nem o contato físico é capaz de reacender a chama que se extinguiu, vez que se converte em ato mecânico, quase sem propósito. Antes uma prostituta, que não o conhece e a quem não se deve nada além do valor contratado, que compartilhar a cama com quem lhe toma tudo, drena seu ânimo e sua vida, com um preço muito mais alto que o da profissional. Extremamente mais simples a existência de Borges, que persegue uma fêmea no cio, acasala e cada um segue para seu canto, sem vínculos, sem compromissos nem sacrifícios. Mas ele também quer afeto, por que mais teria me seguido, quase me intimando a recolhê-lo das ruas e tornar-me dono dele? Criaturas diversas, necessidades diversas. Ele jamais me entenderia, assim como eu jamais o entenderia, mas isto não nos impedia de nos aceitarmos como somos.

**

Eram quase cinco e meia da manhã quando me deitei para dormir, enfim. Borges mal havia se movido durante todo o dia, levantando-se uma única vez para beber água, dar uma voltinha pelo apartamento e retornando decidido para a cama dele.

Luzes apagadas, tudo era silêncio. Mesmo assim, eu podia escutar a respiração rápida de Borges, ou sua inquietação coçando-se, mordendo-se ou se lambendo.

Já pressenti que seria uma noite daquelas. Às oito começaria a bateção de portas dos outros moradores saindo para o trabalho, o sobe e desce do elevador e a criança da vizinha berraria novamente no corredor.

Dá para parar de se mexer? Gritei com Borges, que se manteve imóvel por alguns segundos, certamente assustado ao ouvir meu tom de voz. No entanto, em seguida, recomeçaram as lambidas e ele se levantou para caminhar um pouco, penso que deve ter ido à cozinha e prosseguiu para o banheiro. Um cachorro latiu lá fora na rua e Borges rosnou baixinho. Os latidos se repetiram e Borges latiu em resposta, possivelmente defendendo-me de uma ameaça intangível. Vai dormir, cachorro de merda! E ele ficou quieto por alguns instantes, para reiniciar os latidos, as caminhadas pelo apartamento, os rosnados. Vez ou outra ele parava do meu lado na cama e, com a pata, cutucava o colchão.

A vida era pura ironia. Meu maior sonho era poder ficar sozinho, sem dar satisfações a ninguém ou cumprir obrigações. Estava saturado de patrões, de superiores, de gente mandando em mim, de gente querendo mandar em mim, e também de subalternos, de alunos, de pessoas bebendo minhas palavras como se fossem o ápice da sabedoria universal, quando tudo que eu fazia era papagaiar as brilhantes conclusões de outros gênios, estes sim gênios de verdade, que fizeram História e transformaram a civilização. Os professores não têm noção do poder que exercem sobre seus alunos. Mesmo com a desintegração da educação e do magistério, o professor ainda é uma figura de poder. As esporádicas reações dos alunos contra eles, às vezes até de maneira violenta, é na verdade uma luta inconsciente dos jovens contra uma estrutura de controle e opressão. Eu era um dos braços do poder e o meu trabalho era constranger a mente daqueles jovens. Podia estar falando de Marx, Nietzsche ou Sartre, mas, na realidade, eu estava preparando-os para a fábrica, para os canteiros de obra e para os escritórios. Eu era o artífice da mão-de-obra do mundo, um dos que mantinha o *establishment* funcionando, era a língua e o espírito da ideologia dominante. E, sinceramente, não havia muito como fugir disto, a não ser cortando meu vínculo com a sociedade, com os outros, tornando-me um eremita a comer gafanhotos no deserto. Era o que eu ansiava, o papel de um novo João Batista a aplainar os caminhos para o Messias de quem eu não seria digno de sequer lhe desatar as sandálias. Eu me via um pouco na pele de um profeta, anunciado o final dos tempos: "arrependam-se, que o fim está próximo!". E essa minha mensagem chegaria por meio da Literatura, mas depois me dei conta que a escrita estava morta, que, se eu quisesse impactar, minhas palavras deveriam vir em vídeo, veiculadas na internet, como fazem eficazmente os terroristas fundamentalistas. Eles sim haviam entrado no século XXI compreendendo a potência da imagem. Eu que era anacrônico, querendo escrever um romance, como se ainda estivéssemos no século XIX e os filhotes da burguesia fossem correr para ler o próximo capítulo do meu folhetim. A minha reclusão, tinha de reconhecer, era um fiasco, havia sido um tiro no pé. Sim, eu havia me isolado, cortado todos os vínculos, só não fui a um deserto porque detesto suar, nem suporto calor. Apesar de Buenos Aires também ser um deserto à sua maneira, uma cidade estéril em cordialidade, onde todos estavam insulados numa metrópole brutal, um bando de chucros tendo de compartilhar o limitado espaço da cidade, empurrando-se dentro do metrô, atropelando-se apressados nas calçadas, quase jogando o outro para fora nas estradas. Eu estava num deserto, e me senti tão só que trouxe um cão pulguento ao meu apartamento para me fazer companhia. Agora, este mesmo cão, símbolo concreto da minha solidão, não me deixava dormir, mais um fator para atrapalhar o meu já inquieto sono, aqueles meus poucos instantes de paz verdadeira, quando não mais precisava suportar a *via crucis* dos meus dias que se arrastavam. Nos meus sonhos, eu podia ser quem eu quisesse, rei, imperador ou plebeu, viver as maiores histórias de amor, ir à Lua ou a Marte, ou simplesmente planar sobre a cidade adormecida, ascendendo sobre as nuvens ou dando rasantes sobre o *Río de la Plata*. Desperto, eu era somente eu, um vazio cheio de ambições e projetos, mas que, provavelmente, jamais os veria realizados, justamente por eu ser um nada e também por nada fazer para mudar isto.

O sol começou a nascer, seus raios atravessavam as frestas da cortina. Borges se aquietou e me deixou dormir um pouco.

**

Foi uma manhã de sono intermitente, como o habitual. Despertei várias vezes, tanto pelos ruídos usuais quanto pelos do meu novo companheiro.

Quando me levantei, quase duas da tarde, encontrei o banheiro mijado e cagado. Borges havia tido uma manhã agitada. Aparentava reconhecer que havia feito algo de errado, se encolheu, abaixou as orelhas e se refugiou num dos cantos, certamente aguardava o pior: uma surra. Surra? Justamente de mim que não me enxergava capaz de fazer mal a qualquer ser vivo? Não sou compassivo, devo reconhecer. O sofrimento alheio não me afeta, não me comove, não me inunda de pensamentos caridosos e humanitários. Talvez, em parte, isto derive de um reconhecimento que migalhas não fazem diferença alguma. Hoje, você estende a mão e dá um pedaço de pão para um mendigo, amanhã, será outro a dar-lhe, e assim até o fim dos dias dele. Mas é paradoxal e dialético, o pão velho que damos por caridade não transforma a vida de ninguém, não abre oportunidades, só cria o costume equivocado e irremediável de continuar mendigando. Negar o pão a quem tem fome é desumano. O que fazer? Damos pela recompensa que sente nossa consciência, enquanto o outro pede com a certeza que a consciência dos outros continuará atuando diante da súplica. Se não houvesse esmolas, não haveria pedintes, exatamente da mesma maneira que se não existissem drogas não haveria viciados em drogas. Somos tão ou mais culpados pela mendicância que o próprio mendigo. Uma vez, ao deixarmos um restaurante no Upper East Side, pedimos para embrulhar o resto da janta. No meio do caminho, eu e minha esposa mudamos de planos e, ao invés de irmos diretamente para casa, resolvemos conferir o que estava em cartaz nos teatros, mas o que faríamos com aquela marmitinha? Carregaríamos aquele resto de comida durante toda a noite e, depois, ao chegarmos em casa, acabaria indo para o lixo, porque ninguém iria comê-la azeda e requentada? Jogue fora, eu disse a minha esposa.

Ah, não! Comida não se joga no lixo. Vejamos se encontramos alguém para dar, ela respondeu. Algumas quadras à frente, avistamos um homem revirando os cestos de lixo, recolhendo latinhas. Você quer um pouco de comida? Ela perguntou a ele, que nos voltou um olhar surpreendido, como se estivéssemos lhe oferecendo heroína.

Não, não, ele respondeu, já jantei... Aquilo nos desconcertou, desde quando mendigo tinha opção entre aceitar ou não comida? No Brasil, se você encontra um menino de rua e lhe oferece o que for, de pão duro a tênis rasgado, ele vai aceitar sem titubear. O que você der, está dado, e não tem mais volta. Mais adiante, encontramos outro indigente, desdentado, sentado numa mureta.

Senhor, minha mulher se aproximou dele, mostrando a sacola com o resto da janta, nós acabamos de ir a um ótimo restaurante aqui perto e sobrou um pouco de comida. Era um prato delicioso, você gostaria de experimentar?

O mendigo considerou por alguns instantes, por fim respondeu. Olha, dona, vou aceitar porque a senhora disse que está delicioso. Tivemos de convencer o mendigo, quase implorar! Não tive pena alguma dele, tive pena de nós, que pensávamos que ele, pelo simples fato de ser um sem teto, estaria disposto a aceitar qualquer resto que tínhamos para lhe dar. Sinceramente, eu acredito que quem ajuda os outros o faz mais por satisfação própria, pelo prazer da caridade, do que pelas pessoas a quem eventualmente ajudam. Pois é muito mais fácil estender a mão a um necessitado anônimo, às vítimas do terremoto no Haiti, aos esfomeados da África, aos sobreviventes de um tsunami, ao pedinte sem nome nem rosto na saída da estação de metrô, do que dar apoio ao vizinho necessitado, abrir mão de uns trocados para o amigo afundado em dívidas ou abrigar em sua casa a um parente desafortunado. Compadecermo-nos dos carentes abstratos exige muito menos comprometimento do que acolher o João, a Mariazinha ou o Hericleides, aqueles a quem vemos todos os dias no trato cotidiano. Certa vez, um colega de universidade, um senhor já aposentado e que cursava Filosofia apenas para ocupar a mente, disse numa aula de Ética: o que descobri em minha vida é que não precisamos fazer o bem, basta que não façamos o mal. Um aforismo de uma ignorância proverbial. Se houvesse brotado da boca de Salomão ou do Zaratustra de Nietzsche, todos arregalariam os olhos assombrados e aplaudiriam. Mas não passava de um comentário estúpido, como nós o reputamos à época, proferido por um velho caduco. "Não precisamos fazer o bem, basta que não façamos o mal", nenhuma outra frase representaria tão bem a minha passagem pela Terra. Eu não ajudava ninguém, não me compadecia de ninguém, não estendia a mão a ninguém, mas também não fazia mal a criatura alguma, não feria, nem difamava. Eu desfilava pela existência sem amigos, sem seguidores, sem idólatras, mas também passaria sem deixar inimigos, detratores ou rivais. Uma existência sem propósito, alguns diriam, mas quem deles poderia bater no peito e afirmar, sem vestígios de dúvida, que viveram vidas com propósito?

Eu jamais faria mal a Borges. Um banheiro mijado e cagado não é das cenas mais agradáveis de se ver assim que você se levanta, mas também não era razão para bater num cachorro, que inquestionavelmente não tem as mesmas noções higiênicas que a gente, que não sabe o que é um vaso sanitário, uma descarga, um bidê, nem que se deve lavar as mãos depois de ir ao banheiro. Não, olhei pro banheiro e concluí: Borges não havia tido aulas de etiqueta. Nas ruas, ele mijava e cagava onde quisesse, e, na mente dele, o meu apartamento nada mais era do que uma extensão da rua.

Acomodei-me na cama e tapei o rosto com as mãos. Borges se aproximou lentamente, parando ao meu lado. Fitei-o por alguns minutos, tentando encontrar alguma solução, alguma maneira para que nosso convívio pudesse funcionar. Você acha que isto vai dar certo, Borges? Será que foi uma boa ideia tê-lo trazido para cá? Como se houvesse me compreendido, ele saltou para cima da cama e lambeu a minha bochecha. Vamos tentar, não é? Eu disse, e abracei-o com força.

**

No elevador, encontrei a vizinha do andar debaixo, Borges estava comigo. No rosto dela havia uma expressão de autêntica piedade pelo cão velho. Quantos anos? Perguntou.

Não sei... Recolhi-o da rua ontem, respondi. Os olhos dela se iluminaram, como se um santo houvesse se manifestado diante de si.

Parabéns! É preciso ser um homem bom para uma ação destas. Não vemos isto todos os dias. Aquele comentário inesperado, após meses sendo achincalhado diariamente pelos portenhos, elevou-me, fez com que eu me sentisse quase digno, fez com que a merda e o mijo que limpei naquela tarde tivessem uma razão de ser. O elogio da vizinha, "um homem bom", havia inexplicavelmente me tornado um homem melhor, um pouco menos amargo. Sorri. Ela sorriu de volta. Nossos olhares se encontraram e ver-me refletido nas pupilas de outra pessoa, algo tão simples, menosprezado no dia a dia, insuflou-me uma inesperada alegria. Olhar nos olhos de alguém é um gesto de reconhecimento do outro, um sinal de valor, por mais insignificante que seja, da existência do outro, de que não estamos sozinhos neste mundo.

Nunca a havia visto por aqui, menti, pois vez ou outra, pela porta de vidro desde o quintal do prédio, eu a havia avistado esperando o elevador.

De onde você é?

Do Brasil.

Ah, o Brasil é um país lindo! Estávamos quase no térreo, estendi minha mão e me apresentei, ela me devolveu um beijo no rosto, também se apresentando. Eu abri a porta do prédio para ela, que me agradeceu, o primeiro *gracias* que eu ouvia em vários dias, e cada um de nós seguiu para seu lado. Aquele encontro fortuito, quase um confronto, eu diria, abalou o resto da minha tarde. Era o primeiro vizinho que, de fato, dirigia-me a palavra, tudo graças a Borges, o vira-lata cego, e eu havia reagido como se fosse um evento casual. Em Buenos Aires, circunstâncias como aquela estavam longe de ser corriqueiras. Diálogos cordiais, sem sarcasmo, sem ironia ou isentos de uma agressividade velada eram raríssimos, e, até algumas horas antes, eu arriscaria dizer que eram inexistentes. Eu havia perdido a oportunidade de explorar aquela conversa, de saber mais sobre aquela mulher e de, quem sabe, fazer a primeira amizade ali. Revivi em pensamentos aquela cena algumas centenas de vezes e, em cada repetição, eu extraía uma informação a mais da vizinha, o que ela fazia, do que ela gostava, que tipo de pessoa ela era. Tudo fantasias, disto eu não tinha dúvidas, mas fantasias que me entretinham. Eu precisava reencontrá-la, obviamente trazendo Borges comigo, o vínculo entre mim e ela. Eu havia me deparado com outro ser humano, uma pessoa de verdade, e esta constatação era a de alguém que encontra um tesouro valiosíssimo num lixão, mas que não tem coragem de desencavá-lo para não atrair a atenção dos demais, que poderiam se aproximar para roubá-lo. A vizinha do andar abaixo, com sua gentileza, era uma pérola cultivada no esgoto, tão rara e preciosa que nem poderíamos estimar seu valor. Dei três tapinhas no cocuruto de Borges. É, cachorro safado, você acaba de fazer uma amiga!

**

Ainda naquela tarde, retornei para minha escrivaninha, Borges deitou-se aos meus pés, havia um livro para começar.

Aquele momento crítico, da primeira página, sempre havia sido meu maior bloqueio. Alguns diziam que as cinco primeiras páginas são as mais importantes numa história, que, se o leitor não for convencido pela trama daquelas páginas iniciais, ele dificilmente se aventuraria adiante. Isto não me parecia ser verdade, pois havia tantos romances mal escritos, que começavam mal, desenvolviam-se mal e acabavam pior ainda, e ainda assim eram cultuados, pelo menos pelas massas, que isto simplesmente não poderia ser uma regra, aliás, nem deveria ser o usual. Revirei meus livros espalhados pelo quarto e apanhei alguns, lendo as primeiras linhas de cada um, tentando perceber que tipo de começo seria um bom começo.

Alguns eram realmente brilhantes, daqueles que nos capturam desde a primeira palavra, como um anzol lançado ao mar e que imediatamente fisga o grande peixe, como *"a ideia do eterno retorno é misteriosa, e Nietzsche fre-*

quentemente deixou outros filósofos perplexos com ela..." de Kundera, ou como "*foi um número errado que começou isto, o telefone tocando três vezes na calada da noite e a voz do outro lado perguntando por alguém que não era ele*" de Auster. No primeiro caso, logo nos indagamos: que diabos um conceito nietzschiano tem a ver com uma obra de ficção? E somos obrigados a ler todo o livro para constatá-lo. No segundo, a pergunta é: o que é *isto* que começou com uma ligação equivocada de madrugada? Qual é o problema causado e como será resolvido?

Outros eram medianos, que não introduziam nada de significante, mas que também não desestimulavam o prosseguimento da leitura, como "*uma noite destas, vindo da cidade para o Engenho Novo, encontrei num trem da Central um rapaz aqui do bairro, que eu conheço de vista e de chapéu*" de Machado de Assis. Uma primeira linha aparentemente trivial, mas com incrível força imagética, impossível não visualizar a cena, e estilo preciso e econômico, como nesta locução original "conheço de vista e de chapéu". Ou "*encontraria a Maga?*" de Cortázar. Um pouco mais intrigante, principalmente se pensarmos que a tal Maga seja, de fato, uma maga no sentido mágico, uma bruxa, uma feiticeira, apesar de ela se converter, no desenrolar do enredo, em uma maga metafórica, encantando o protagonista com seu charme.

Por fim, há os começos travados, com tantas informações, que emperram a leitura e, se não fosse pela indubitável reputação de seus autores, seríamos compelidos a abandonar a leitura sem nem ao menos começá-la, como "*Alexy Fyodorovich Karamazov era o terceiro filho de Fyodor Pavlovitch Karamazov...*", e você já pega no sono, mal conseguindo proferir em voz alta os nomes dos personagens. Todavia, Dostoievsky é Dostoievsky; ele pode inserir num romance trezentos personagens com nomes e sobrenomes impronunciáveis para nós que, ainda assim, continuará sendo um dos maiores mestres da narrativa. Quando imergimos na prosa dele, não há mais como escapar e nos embriagamos com os Fyodorovich, com os Pavlovitch, com os Ilytch e com os Raskolnikov. Pouco importa se as cinco primeiras páginas, ou mesmo se as cinquenta primeiras páginas sejam desprovidas de todo o tipo de artifícios e truques aos quais recorrem os roteiristas de Hollywood e os best-sellers de hoje. É no todo, ao reunirmos os diálogos, a complexidade de seus personagens e a polifonia do enredo, e ao assistirmos quão profundamente este autor russo toca nossas feridas expostas, que suas obras se justificam. Mas outras épocas, outras exigências. Eu simplesmente não poderia escrever um romance *a la Dostoievsky* hoje em dia. Que editor, em sã consciência, daria a cara a tapa ao encaminhar a publicação de um romance que começasse assim: "*Ermenegildo Peçanha Medeiros era o terceiro filho de Austragésilo de Amaral Medeiros...*"?

 Cogitei por alguns instantes que este poderia ser um ótimo início, simulando uma paródia repleta de ironia. Talvez até houvesse alguém no mundo disposto a publicar um romance assim. Aliás, este era outro dos meus problemas, que só surgiu uma vez que abri mão de meu cargo universitário e parei para ponderar. A decisão de tornar-me escritor enraizava-se há muitos anos em meu interior, desde quando eu ainda estava na faculdade. Participei de um par de oficinas literárias, frequentava seminários dos principais nomes da escrita e lia as biografias dos grandes autores clássicos. Eu precisava descobrir onde eu me situava neste cenário, em que tipo de escritor eu poderia me converter. Nas oficinas, só encontrei derrotados; gente sem talento e sem perspectiva de um dia ser publicada. Tudo tão banal e sem propósito que me convenci que os únicos beneficiados destas oficinas eram seus ministrantes, eles mesmos autores medíocres, que não poderiam se sustentar com a venda de seus livros e que sobreviviam de iludir principiantes... como eu. Já nos seminários, sempre autoemulativos, não havia nenhuma pista sobre como inserir-se no mercado e percebi que o mundo literário daqueles autores consagrados, e de quando eles iniciaram suas carreiras, era muito diferente. Nenhum deles havia disputado espaço com outros milhares de candidatos a escritores; eles haviam simplesmente enviado seus manuscritos a alguns editores, provavelmente amigos deles, e fim da história. Sem triagem, sem pareceristas, sem meses aguardando uma carta de recusa, sem sofrimento. Publicar um romance na década de cinquenta ou sessenta não era o mesmo que publicá-lo hoje. Assistíamos à implosão da cultura como nós a havíamos conhecido e um novo panorama, desconhecido, assustador e, ao mesmo tempo, extremamente empolgante, configurava-se dia após dia, e para isto não havia nenhum referencial, nem nos grandes escritores, nem nas editoras, nem na História da Literatura. Estávamos num mundo novo, sem redes de proteção, e qualquer coisa poderia acontecer. Eu havia decidido tornar-me um escritor, mas não sabia se, quando concluísse meu romance (se é que um dia eu o concluiria), ainda existiria um mercado literário como o que eu estava habituado. E mesmo se chegasse a ver minha obra publicada e nas livrarias, que garantia eu tinha que pagaria meu aluguel e minhas contas com a escrita? Abandonei tudo por um sonho, que era tão efêmero e vazio como todos os demais sonhos. Não havia garantia alguma, certeza nenhuma. Troquei tudo que era certo em minha vida, meu trabalho, meu casamento, minha família, meu sustento, por um devaneio e, agora, com a página em branco diante de mim há tantos meses, sem nem uma única linha escrita, sem nenhuma ideia extraordinária... às vezes, eu considerava que nem tinha muito a falar, o arrependimento começava a bater. E pior, tomava-me o desespero, o desejo de poder voltar no tempo e reconstruir o que estava permanentemente roto. Sempre poderei voltar a lecionar, me consolava. Contudo, este era o meu maior pesadelo, entrar novamente numa sala de aula e encarar aquela centena de olhos observando cada movimento meu, e aqueles ouvidos examinando cada palavra minha. Nos primeiros anos como professor, eu romanticamente imaginava que a relação entre mestres e alunos era uma colaboração, uma troca da qual todos se beneficiariam no final. No entanto, a sala de aula é uma arena, um ringue de luta: são quarenta ou cinquenta alunos contra um único professor, e tudo que você falar, qualquer deslize, pode se voltar contra você. Talvez a carreira de um escritor não fosse tão diferente, escrever livros para que milhares de leitores o critiquem depois. Todavia, este é um embate impessoal, sem o olho no olho, sem o confinamento num mesmo espaço onde tudo pode acontecer. O escritor escreve só, no silêncio de seu quarto, compartilha de seus medos e anseios, e uma vez extirpada de si a agonia da gênese, o livro vai e viaja através do tempo e espaço para leitores que também o lerão a sós, no silêncio de seus quartos, e que reviverão individualmente, cada qual, o enredo engendrado por aquele escritor. E as críticas e elogios serão distantes, através de uma nota no jornal de domingo, de uma carta trazida cedinho pelo carteiro, ou de uma curta mensagem eletrônica recoberta de pieguice e erros ortográficos. O escritor só verá seus leitores em raras ocasiões, no lançamento de seu livro, ou quando aparecer em alguma bienal ou simpósio. Ao filmar a novela de "Morte em Veneza" de Thomas Mann, Luchino Visconti transformou o protagonista Gustav von Aschenbach em compositor, o aproximando de Gustav Mahler, porque julgou inverossímil que existisse um escritor famoso. Perfeito, Luchino, o escritor continuará criando para si, sozinho, narrando estórias, emulando a vida. Esta solidão do escritor escrevendo e esta solidão do leitor lendo estão na essência da razão da escrita, ao contrário da coletividade do ensino, do professor de pé diante da classe cheia, vulnerável a todos os ataques, aos incômodos murmúrios no fundo da sala, à aluna mascando chiclete de boca aberta, aos meninos vendo pornografia no celular, ou à indiferença, a mais agressiva das ofensas. Eu jamais poderia voltar a uma sala de aula, fora de cogitação. Se não fosse a escrita, então eu deveria inventar para mim uma nova vocação. Talvez eu pudesse criar minha própria oficina literária, fazendo como todos os demais autores medíocres, e isto não me pareceu má ideia.

Não é simples ser simples.

**

Revirando minhas coisas, encontrei uma agenda de meses antes. De tempos em tempos, tenho a necessidade de rever toda a papelama que acumulo — e como acumulo! — e desfazer-me do inútil. Esta é uma tarefa incrível, reconheço, pois quase nunca consigo me livrar totalmente do desnecessário. Há, obviamente, aquilo sem razão alguma para se manter, mas, ao remexer os papéis, entretenho-me com o que trago à tona. Então, meticulosamente, separo três pilhas de material, uma do que é definitivamente lixo, outra do que definitivamente deve ser mantido, e uma terceira de conteúdo duvidoso, que necessita de uma revisão mais detalhada. Agendas quase sempre se encaixam nesta terceira categoria. A função de uma agenda nada mais é do que programar o futuro, para que não nos esqueçamos dos nossos compromissos e, uma vez concluído o ano, elas perdem a serventia. Todavia, ao relê-las, surpreendo-me e rio até as lágrimas pela frivolidade de tais compromissos inadiáveis. No dia doze de julho, por exemplo, havia uma anotação: "comprar guardanapos". Eu realmente precisava incluir numa agenda a necessidade de aquisição de um item tão básico? Provavelmente, concluí. Para mim, é muito mais fácil recordar-me das antinomias da Razão Pura, de quais são os existenciais do *dasein*, em qual das meditações cartesianas é apresentada a hipótese do gênio maligno, do que me lembrar de comprar papel higiênico ou pasta de dentes. O meu viver é teórico, vivo o mundo das ideias; para mim, a vida não é prática. Estou além, ou talvez aquém, dos sinais de trânsito, dos preços nas prateleiras dos supermercados, das marcas de roupas e dos cardápios de restaurantes. Peça-me para explicar a fenomenologia husserliana, mas, por favor, jamais me indague como fazer para ir daqui a Palermo, como remover manchas da gravata ou como trocar o pneu de um carro! Não sei e, sinceramente, não desejo saber. Não me interessa, e jamais me interessará. Pois tudo é contingente e efêmero, tudo muda, tudo passa. Inclusive, até este mundo das ideias onde vivo também passará. O ser humano se transforma, os deuses morrem e as teses e hipóteses são refutadas. As crenças e teorias de hoje serão superadas, fatalmente, pelas crenças e teorias do amanhã, todo saber é provisório. Então, tanto faz viver no chão ou nas nuvens, desde que você tenha pernas para caminhar ou asas para voar.

Nesta agenda, havia um nome e um número de telefone. Um dos meus colegas americanos da universidade, ao saber que eu me mudaria a Buenos Aires, veio até mim. Tenho uma amiga que mora lá. Anote o telefone dela e dê uma ligada para ela quando chegar. Talvez ela possa ajudá-lo a se instalar. Os americanos e seus amigos... Me espanta o espírito empreendedor dos ianques e, ao mesmo tempo, o apego brutal que eles têm à referência. Nada tem valor se não for referido por alguém. Nenhum profissional é competente se não vier acompanhado por uma carta de recomendação. Ninguém faz nada se não houver a consultoria de alguém mais abalizado. Para este meu colega, era inconcebível que eu fosse me mudar para um país estrangeiro sem conhecer ninguém lá. Como eu ousava isto? Assim, na mente dele, ao me indicar alguém em Buenos Aires, ele estava garantindo a segurança de minha viagem. Uma amiga em Buenos Aires resolveria qualquer problema que poderia surgir. Mas eu jamais liguei para esta amiga, nem me lembrava disto. Então, por uns instantes, realmente considerei a importância da referência. E se eu houvesse ligado para esta americana antes de embarcar para cá e ela tivesse me prevenido sobre como era a cidade e os portenhos? Será que eu haveria mudado de ideia e desistido de vir a Buenos Aires? Teria alternado meus planos e rumado para a Baja California ou para a Costa Amalfitana? Estaria mais feliz agora, ou teriam sido decisões tão equivocadas quanto a que tomei? Sem refletir muito, apanhei o telefone e liguei. Atendeu uma moça com sotaque californiano. Eu me apresentei e expliquei como arranjei o número dela, mas a americana logo emendou.

Sim, sim, esperava seu telefonema. Há quanto tempo está aqui?

Um bocado de meses, respondi. Por que não saímos para tomar um café?

E combinamos uma data numa cafeteria na Recoleta. Ela chegou com um shortinho rosa, blusa azul, os cabelos loiros em rabo de cavalo e aquele sorriso branquíssimo, dentes perfeitos, típico das americanas. Os aparelhos ortodônticos são uma verdadeira instituição nacional americana: dentes brancos e perfeitos, eis a meta de qualquer adolescente suburbana dos Estados Unidos. Ela vinha reluzente e se poderia farejar que era uma gringa a trezentos quilômetros. Numa terra de gente carrancuda, de cara fechada cem por cento do tempo, que alguém cometesse o ultraje de sorrir e de parecer estar feliz da vida logo denunciava: aquela não é daqui! Juro que vi as portenhas lançando olhares de desdém quando a americana passava por elas, acenando de longe para mim. Ela tinha uns quarenta anos, mas exalava tanta jovialidade e brilho que poderia passar, aos meus olhos, por uma animadora de torcida do colegial. A princípio, ela me pareceu familiar, com gestos e um jeito de falar que me remetia a alguém, mas minha memória não ajudou. Conversamos sobre os Estados Unidos, me perguntou sobre o Brasil e acabamos, obviamente, no tema de Buenos Aires.

Esta cidade é enlouquecedora, disse. Quando você chega, tudo é maravilhoso. Depois que você deixa a América, onde tudo gira em torno do dinheiro e do consumo, você se deslumbra com a simplicidade dos portenhos, com o apego à família, com o calor latino. Ao caminhar por estas ruas, pelos sebos da Corrientes, pelos antiquários de San Telmo, você sente que esta cidade vive e respira erudição e cultura. No entanto, isto é superficial. Eles são mais frios do que eu jamais poderia imaginar. São rancorosos e mesquinhos. São machistas e retrógrados. A felicidade alheia os incomoda profundamente, é quase uma ofensa pessoal.

Então não deve ser nada fácil para você, que é radiante e cheia de vida, comentei.

Ela sorriu. Nem sei... Às vezes me sinto drenada, como se houvessem sugado minha energia.

E por que não vai embora? Não volta para sua terra?

Isto não é tão fácil, depois que você vendeu todas suas coisas, desfez-se de sua vida e se jogou de corpo e alma nisto, não é tão fácil retornar. Já não pertenço mais à minha pátria.

Eu a compreendia bem, era exatamente como eu me sentia: sem volta. Ela me perguntou do meu livro, inventei um enredo, várias personagens e reviravoltas, ela se deslumbrou.

Sempre quis ser escritora. Cheguei a fazer um curso de escrita criativa na faculdade, mas, sabe como é, todos são escritores hoje em dia. É uma carreira muito competitiva.

Viver é competitivo, retruquei. Para qualquer profissão, existirá um trilhão de outras pessoas disputando o mesmo espaço. Não dá para ficar pensando na concorrência, temos apenas de fazer o melhor de nossas forças e torcer para que isto seja o suficiente.

Tem razão, ela me disse, quem sabe eu também não tente escrever um livro?

Parabéns! Pensei comigo mesmo, mais uma escritora neste planeta! Mais uma escritora que jamais escreverá um livro na vida, que zanzará de cafés em cafés com um bloquinho de notas nas mãos, anotando toda e qualquer ideia genial, mas que nunca, jamais, escreverá uma única linha relevante de verdadeira Literatura. Isto mesmo, eu disse, nunca é tarde para viver seus sonhos. Esta era uma frase tão clichê que tive vontade de me estapear na cara ou bater minha cabeça contra a parede.

Sim, ela disse. Nunca é tarde...

Depois, caminhamos pelas belas ruas da Recoleta, onde até se poderia ter a ilusão de estar vivendo numa cidade decente, onde tudo funcionava, na "Paris da América do Sul", como todos os guias de viagens repetem em uníssono. Anoitecia e a *Iglesia del Pilar* estava iluminada.

Moro aqui perto, a americana me disse, quer dar uma passada lá em casa?

Por que não? Repliquei, e andamos até o apartamento dela, um *monoambiente* onde tudo parecia ser improvisado, como se ela tivesse acabado de chegar.

Desculpa a bagunça, ela leu meus pensamentos, o espaço é tão pequeno que nunca consigo arrumar minhas tralhas, e as malas acabam sempre ficando no caminho, atravancando tudo.

Não tem problema, até lembra o meu apartamentinho em Almagro, respondi, mas, para uma pessoa solteira, é espaço até demais. Ela sorriu.

Bebe alguma coisa? Vinho, água, mate?

Não me diga que você se converteu ao mate deles! Brinquei.

Nem pensar, mas vai saber? Retrucou.

Vinho para mim está bem, eu disse, e ela sumiu na cozinha, reaparecendo com duas taças e um *Cabernet* argentino.

Está aí uma coisa que eles sabem fazer bem, ela disse.

E a Literatura? Não gosta dos autores argentinos? Perguntei.

Abomino! O que é Borges? Tão pedante e barroco... Sou muito mais Hemingway e Faulkner.

Sério? Não gosta de Borges? Indaguei. É meu favorito. Mas é evidente que você citaria algum autor americano. Vocês só leem literatura americana, mal sabem o que existe fora de seu país. Não perdi a oportunidade de provocá-la, pois nada irrita mais um americano intelectualizado do que criticar a obtusidade deles.

Como assim? É claro que leio literatura estrangeira! Adoro García Márquez e Camus! Mas não engulo os argentinos, sempre tão cheios de si.

Ela estava tendo a reação inversa que eu tivera a princípio. Eu buscava na Buenos Aires real um reflexo da Buenos Aires ficcional, ela projetava na Buenos Aires literária as decepções da Buenos Aires de fato. Ambos estávamos equivocados em tentar criar esta ponte entre real e imaginário. A americana pôs Cole Porter para tocar.

Gosta de jazz?
Não entendo muito, respondi. Sou mais da música clássica. Beethoven, Mozart e Chopin.

Ela se sentou ao meu lado no sofá, com a taça de vinho na mão e sorriu. É bom poder conversar com alguém. Às vezes, sinto-me tão só aqui.

Eu acariciei os cabelos louros dela. Solidão? Todos estamos sós neste mundo... Todos nós, sem exceção. Ela me beijou. Nossas línguas se encontraram e ela emitiu uns gemidinhos. Estaria ela tão carente quanto eu de uma companhia? Aproximar-se de alguém neste estado é um dos maiores erros. Quando estamos carentes e fragilizados cometemos qualquer pecado, qualquer burrada para ter alguém ao lado. Deixamos de ser nós mesmos e nos convertermos num bicho ansiando por afeto, por atenção, por um óbolo de carinho de qualquer pessoa que seja. Eu e ela tínhamos pouco a ver um com o outro, poucos interesses em comum, de mundos tão diferentes e distantes, mas, em Buenos Aires, deste encontro improvável, surgiu esta insana atração de duas pessoas solitárias. Ela precisava de um homem e eu de uma mulher, e estas necessidades se chocaram e se mesclaram. Despimo-nos com rapidez, até com um pouco de brutalidade. Ela arrancou num só movimento minha camiseta e já desafivelava meu cinto, enquanto eu ainda lutava com o fecho do sutiã dela. Deixa que faço isso, ela riu, como se eu fosse um adolescente prestes a perder a virgindade. Eu também ri, já com os seios dela à mostra, com os mamilos rosados e durinhos, suplicando que eu os mordiscasse. Ela gemia, roçando a pélvis contra mim. Me coma, disse peremptória. Então nos levantamos e eu a empurrei de frente para a parede, descendo o shortinho dela e trazendo junto a calcinha. Apalpei suas nádegas branquíssimas, duas luas cheias, e deslizei minha mão até o sexo molhado dela. Ela olhou para trás, língua entre os dentes entreabertos e olhos semicerrados. Penetrei-a com força, com desespero, com um pouco de raiva. Não era justo que duas pessoas boas como eu e ela, duas pessoas inteligentes e esclarecidas, tivéssemos de amargar uma vida sem graça e angustiante num país estranho, e ainda precisássemos recorrer ao sexo desengonçado com um desconhecido. Ela gemia e eu suava um pouco. Sentei-me no sofá e ela montou sobre mim, cavalgando-me lentamente, rebolando. Vou gozar, eu disse. Não tem problema, ela respondeu, não posso engravidar. E só naquela hora me lembrei das DSTs, da AIDS, e de todas aquelas recomendações sobre usar preservativos sempre. Que grande cagada se eu pegasse uma doença venérea das piores com esta americana que eu havia acabado de conhecer naquela tarde! Poderia estar arruinando minha vida naquela roleta-russa! Certa vez, um amigo me contou que as americanas quase nunca usavam camisinha e que por isso povoavam as clínicas de abortos. Os EUA é um dos países onde mais se matam fetos no mundo, ele me dizia. É o país cristão mais hipócrita que existe. Não que este amigo fosse religioso — inclusive era o ateu mais convicto que conheci — ou contra o aborto, mas fazer disto um método de controle de natalidade soava absurdo tanto para ele quanto para mim. Ainda segurei um pouco mais, o suficiente para que ela também pudesse ter, ou pelo menos fingir adequadamente, um orgasmo. Foi naquele instante, com ela sentada sobre meu pau, subindo e descendo, gemendo, jogando os cabelos para os lados, com o rosto crispado pelo clímax, que constatei a semelhança entre ela e minha ex-mulher. Se a americana me parecia familiar, foi somente durante o orgasmo dela que toda a similaridade se manifestou com uma violenta certeza. Era como se eu estivesse transando novamente com minha esposa e, depois do sexo, nós nos deitaríamos juntos na cama, em silêncio, então, do nada, sem nenhuma preparação, ela faria alguma crítica a mim, sobre qualquer coisa que houvesse ocorrido naquele dia. Ejaculei e, ato contínuo, a americana apanhou um punhado de lenços de papel estrategicamente posicionados. Entendo essa destreza, pensei, ela deve arrastar a cada tarde um incauto para que, como eu, se enrede fácil com ela. Será por isso que ela apareceu sorrindo daquela maneira, pressentiu logo a presa fácil. Eu me sentindo o homem interessante que conquistou as carícias desta mulher, mas quê! Contudo, logo percebi meu equívoco, na verdade ela sabia recolher o lenço com aquela precisão porque passava as noites chorando naquele sofá. Enxugou-se e se jogou ao meu lado, com as pernas escancaradas, o sêmen lhe escorrendo pelo períneo.

Era disto que eu estava precisando, ela me disse, molhando os lábios com a língua, um gesto também típico da minha ex-mulher. Evitei olhar para ela, resmunguei um "ahã" e me calei. A americana apanhou a taça de vinho e ainda nua, bebericou me fitando, talvez aguardando, contando com um segundo *round*. Também apanhei a minha taça e dei um gole. Na parede, o relógio emitia um *tec* a cada segundo que se passava e já estava tarde. Devo ir, comentei.

Pode dormir aqui, se quiser.

Não, eu não queria adormecer ao lado de uma mulher que me lembrava tanto minha ex. Então, Borges me veio à mente, ele havia ficado o dia inteiro sozinho em casa, trancado. Não posso... Meu cachorro está em casa, é preciso alimentá-lo.

Um cachorro? Adoro cachorros, disse. Já tive vários *Golden Retrievers*. Quem sabe não podemos sair juntos uma tarde destas e levá-lo para passear num parque?

Sim, sim... Resmunguei, e agora ela já queria fazer programas de namorados comigo, como se fôssemos dois jovens a passear de mãos dadas e observar os patos num lago? Vesti-me rapidamente e dei um beijo no rosto dela. Ligo pra você, OK? E saí, fugindo, bastante atemorizado. Eu havia acabado de agir como qualquer cafajeste ao redor do mundo. Aos olhos daquela americana, eu seria o típico mulherengo, que só queria trepar com ela e dar no pé. É óbvio que eu não ligaria para ela amanhã, nem depois, nem nunca. Como eu poderia lhe explicar o que havia se sucedido? A expressão no rosto dela durante o orgasmo me atormentaria por dias a fio; o nojo do contato físico com alguém tão parecida com aquela que havia feito dos meus últimos anos um inferno. Passear no parque com ela? Nem pensar! O sexo havia sido bom e, apesar de nossas diferenças, ela era uma companhia agradável, mas eu não pretendia me relacionar com ela, não nos tornaríamos namorados, nem sequer amigos. Continuaríamos tão sós quanto antes, ela vivendo a vidinha triste dela e eu a minha; ela com as tarefas cotidianas dela, e eu com as minhas e, uma vez concluído meu livro, eu daria no pé, partindo para bem longe daquele lugar.

Borges me saudou na porta, o rabo abanando e enfiando a cabeça no meio das minhas pernas. Então, deparei-me com o inevitável. Ele havia mijado e cagado não apenas o banheiro, mas o apartamento todo. E havia comido papel higiênico. Desculpe-me, Borges, eu me esqueci de você, e comecei a limpar a sujeira.

Os dias seguintes transcorreram sem grandes alterações na rotina. Eu me levantava após o meio-dia e, com Borges, dava uma volta pelo Parque Almagro e, depois, me detinha demoradamente em algum *bodegón* para almoçar. Retornávamos para casa e, durante toda a tarde, eu me martirizava por não conseguir iniciar o romance, então intercalava a leitura de uma dúzia de livros, ou deitava-me na cama fitando o teto, um hábito de juventude que eu estava ressuscitando, de não fazer nada, apenas pensando no vazio. Ao cair da noite, uma segunda volta com Borges pela vizinhança, descendo pela Guardia Vieja até o shopping Abasto, prosseguindo por Lavalle, contornando por Puerreydón e voltando pela Corrientes, sempre cheia de pessoas naquele horário. Outras vezes, preferíamos seguir adiante pela Bulnes, passando por Palermo Viejo até mergulharmos na frenética Santa Fe. Perfazíamos o mesmo trajeto para retornar. Eu jamais comprei uma coleira para Borges, não havia necessidade. Ele me seguia em passo lento e hesitante, mas sem jamais desviar-se do caminho. Mesmo se eu avançasse quase uma quadra inteira, Borges continuaria atrás de mim, sem titubear, guiado por seu faro perfeito. Quando percebia que havia me afastado demais dele, bastava assoviar que Borges acelerava um pouco o passo, postando-se logo atrás de mim, a língua sempre para fora e o rabo balançando vagarosamente. Ele não podia falar, não conversava comigo, mas a simples presença dele já me apaziguava, tornava mais suportáveis os meus dias. À noite, eu fazia um lanche e aí impunha-se novamente o suplício do romance a escrever. E eu que pensava que era fácil ser escritor! Teriam esta mesma dificuldade todos os autores ao redor do mundo, ou era um problema somente meu? Faltava-me talento, vocação ou era aquele um obstáculo inevitável, que eu teria de confrontar todas as vezes que fosse escrever um novo romance? As semanas se passaram e inquietações de outra ordem passaram a me dominar. Por que eu necessitava daquilo? Por que me atormentar por um capricho, uma futilidade? Pois a Literatura e a Arte são o excesso, o irrelevante e o frívolo. Matem todos os Shakespeares, os Dantes, os Bachs, os Tarkovskys e os Rodins do mundo, queimem as bibliotecas e derrubem os museus e salas de concerto que o mundo ainda continuará mundo, sem sequer perceber que algo esteja faltando. A Arte é prescindível, senão nem é arte, pelo menos não é a verdadeira Arte. A poesia é um inutensílio, proclamava o Leminski. O circo sim é essencial, como reconheciam os sábios e pragmáticos romanos. O circo e a Arte podem se trajar de vestes parecidas, falar uma linguagem parecida, mas entre a aclamação do populacho e o gozo do esteta não há ponte possível. O circo lota as salas de cinema, os estádios de futebol, as discotecas e os anúncios publicitários. A Arte é para poucos, pouquíssimos, e só se torna popular quando é deturpada e violentada pelo circo. Eu ousaria dizer que uma não é melhor do que o outro, inclusive, a Arte é até pior, pois deriva de uma pretensa necessidade, enquanto o circo, a diversão barata e coletiva, brota de uma verdadeira necessidade animalesca e bestial. Ao vislumbrar meu possível romance, eu não conseguia imaginá-lo nas mãos do populacho, entretendo quem não estivesse apto a interpretá-lo. A Arte exige esforço, demanda do receptor um comprometimento intelectual e sensorial que vai além da mera satisfação instantânea e momentânea. O circo é a explosão, é o prazer pelo prazer, a diversão pela diversão e o riso pelo riso, sem exegese, sem apreciação. E que razão havia em fazer Arte, se não há quem a aprecie? Sandice! Concluí. Escrever um livro para que ninguém o leia é tão absurdo quanto cozinhar para ninguém, ou falar para ninguém. A Arte está morta, e todos os grandes romances, pinturas, concertos e esculturas são cadáveres apodrecendo, à nossa vista, neste imenso cemitério. Por que eu teria algum interesse em lançar mais um cadáver neste morgue? Por que submeter-me à crítica, à incompreensão, ou à indiferença dos demais se eu nem acreditava que aquilo que eu viria a fazer tinha valor genuíno? E não eram estes os questionamentos de Kafka e Nietzsche, quando pediram a seus amigos próximos que destruíssem suas obras após suas mortes, incertos do valor de seus trabalhos? Mas eles eram Kafka e Nietzsche! Quantos outros milhares de artistas e filósofos de araque não estão, neste mesmo instante, indagando-se, e com razão, se o que fizeram tem alguma relevância? Para cada Kafka e Nietzsche existem bilhões de Josés, Joães e Marias, que não podem deixar legado algum para ninguém, que não tem nada para dizer, que viveram vidas vãs e morreram no esquecimento e na miséria. De todos os palhaços neste circo da existência, a posteridade não se recordará de nenhum, mas Kafka e Nietzsche permanecerão, apesar de toda a dúvida que eles um dia tiveram sobre si próprios. Para estrear sua Tannhauser na ópera de Paris, Wagner foi obrigado a adaptá-la, incluindo um balé, isso para ser programado entre os compositores-estrela frívolos de então, hoje esquecidos. Eram fatos e indagações que me consumiam até as horas altas, agrilhoando-me a uma irresolução atroz, dividindo-me entre o desejo de persistir e a tentação de abandonar tudo e viajar para algum país ermo, a Índia talvez, onde minhas economias me bastariam para uma década sem preocupações, sem precisar vender o meu tempo, desde que eu gerenciasse com austeridade os meus trocados. E várias vezes considerei que talvez estivesse aí a solução para minha inquietude: parar de pensar tanto no que fazer, e simplesmente embarcar numa jornada sem rumo e fazer o que tivesse de ser feito; descer do pedestal de mármore onde me encastelei e bater de frente com a vida, conversar com as pessoas e ver a realidade cara a cara. Por que não me alistar na Legião Estrangeira e comer o pão que o diabo amassou pelo menos uma vez na vida? Ou juntar-me à Cruz Vermelha e, em algum rincão conflituoso do planeta, estender a mão a quem realmente precisava? Tudo não passava de divagações, obviamente, pois o que havia de mais certo e indubitável era que, amanhã, naquele mesmo horário da noite profunda, eu seria novamente oprimido por incertezas e questionamentos semelhantes. Isto era da minha natureza, assim como era da natureza de Borges mijar em cada poste para demarcar seu território e cheirar o rabo de todos os demais cães. E era isto que eu mais temia, que estas dúvidas e conjeturas afogassem definitivamente qualquer ímpeto criativo que eu viesse a ter escondido em algum calabouço interior, onde também mantive cativos todas minhas frustrações e receios. Ao tentar libertar o escritor em mim, eu pressentia que poderia desencavar todos os dejetos que sempre escondi, aterrorizado que os outros pudessem vislumbrar através das minhas palavras esta minha faceta podre e imoral. Certamente não seria a primeira vez que alguém seria julgado e execrado por aquilo que escreveu, pois toda obra é, de maneira essencial, uma autobiografia.

Aforismos me fascinam, porém o real transcende a brevidade.

**

O calor dava seus sinais iniciais e, pela primeira vez naquele ano, vesti roupas leves e um chapeuzinho. A proximidade do verão parecia conceder um ar um pouco menos carrancudo aos portenhos, que se arriscavam ocasionalmente a esboçar um sorriso sem dentes. Meus vizinhos chegaram até a me dar um *buenos dias* e um deles segurou a porta do elevador para mim, um gesto impensável e improvável. Enfim, o céu sempre azulado começava a combinar com o calor gostoso e eu tinha vontade de gargalhar quando algum portenho me perguntava se era tão quente no Brasil quanto em Buenos Aires. Isto aqui é o frio do inverno no Nordeste, eu pensava, mas preferia responder, "às vezes", evitando prolongar a conversa com eles. Esta sutil transformação do humor das pessoas assemelhava-se ao que eu havia vivenciado nos Estados Unidos, mesmo que os americanos nunca se mostrassem tão rabugentos e desgostosos quanto os portenhos, mesmo no mais rigoroso dos invernos. Assim que cessavam as nevascas e as primeiras flores da primavera surgiam nos parques, havia uma renovação das pessoas nas ruas, via-se um brilho que parecia refletir o sol da primavera e qualquer quinze graus já bastava para todos saírem de camisetas a almoçarem ao ar livre nos bancos da Union Square. Eu e Borges retornávamos de um longo passeio pela Villa Crespo e, na frente do prédio, deparamo-nos com a vizinha do andar debaixo, num vestido florido como se trajasse a própria primavera. Ela nos viu e se aproximou sorrindo. Há quanto que não os vejo! Estavam viajando?

Não saímos daqui, sempre trabalhando, respondi.

Desculpe-me perguntar, mas o que você faz?

Sou escritor, eu disse, e isto soou extremamente falso, tal qual quando eu era criança e fingia ser astronauta ou arqueólogo. Eu fingia ser escritor, esta era a verdade.

Sério? Que tipo de livros escreve?

Ficção... Romances, contos, este tipo de coisas.

Como Cortázar? Ela perguntou e, uma vez mais, ela fazia com que eu falsamente me sentisse o mais importante dos homens.

Mais ou menos... Gaguejei. Sou um autor mais realista, apesar de admirar o realismo mágico. E você, o que faz?

Sou fotógrafa. Casamentos, festas de quinze anos, coisas assim.

Também é uma forma de Arte, eu disse.

Apesar de os limites entre o que é Arte ou não em fotografia não serem muito bem delimitados, eu não diria que o que faço é Arte. Considero arte o que fazem Kertész e Man Ray.

Gostaria de poder ver seu trabalho um dia. Talvez pudéssemos chegar a um consenso sobre isto, eu disse. Afinal, Estética é a minha especialidade.

Agora de vez que não vou querer lhe mostrar nada! Ela riu. Você vai analisar tudo com um olhar crítico, vai ver todos os defeitos...

Combinamos de nos encontrar outro dia para conversarmos mais. Ela viajaria na tarde seguinte para visitar a família dela na província, mas, assim que retornasse, ela me mostraria suas fotos. Isto foi o que ela me prometeu. Eu mal podia aguardar a volta dela. Havia ansiado tanto por este reencontro e agora esta maldita viagem para prolongar ainda mais minha ansiedade. A vizinha só se esqueceu de me dizer quanto tempo ficaria fora, tivesse dito e eu poderia me programar melhor, preparar-me mais adequadamente para o evento. A maioria de nós vive no futuro, pelo menos enquanto somos jovens. Tudo é para o dia de amanhã. Ainda crianças, perguntam-nos não o que somos, mas o que queremos ser quando crescermos. Depois, na adolescência, são tantos os projetos, o que iremos estudar na faculdade, como será a vida e nossas responsabilidades depois dos dezoito anos, o sonho de comprar um carro e tornarmo-nos independentes. Com a namorada então, são planos e mais planos: o casamento, filhos, a casinha... Há também a promoção no trabalho, as viagens nas próximas férias, as contas a vencerem no final do mês, trocar o carro ou comprar um apartamento na praia. O futuro é longínquo e inatingível e, assim que uma meta é cumprida, ou dela desistimos pela impossibilidade de concretizá-la, vinte outras metas brotam do nada para substituí-la. Depois inverte, quando envelhecemos passamos a viver no passado. Tornamo-nos uma rememoração ambulante. Os pais morreram, alguns amigos estão morrendo, e nós também deixaremos este mundo em breve. Todas as lembranças de outrora retornam vívidas, tão assustadoramente vívidas que só podem ser deturpações, memórias distorcidas por um cérebro já enfraquecido. Ressurgem cenas dos tempos de criança, às vezes de eventos corriqueiros sem importância, como quando o cachorro do vizinho quase nos mordeu, ou da gente vendo a chuva através da janela embaçada da sala. Convivemos também com nossas grandes conquistas pretéritas, o sorriso bobo na sala de espera da maternidade, a primeira vez dirigindo o carro do pai, a perda da virgindade com a putinha do colégio, a vez que ganhamos o prêmio de redação ou quando aparecemos no rodapé de um jornal por qualquer razão que fosse. Quase nunca vivemos de fato o presente, que afinal é fugaz, mal estreia, despede-se. Quase nunca desfrutamos da simplicidade absoluta do presente, o presente dilatado, o entorno do agora. Borges sim vivia o presente, era o que parecia. Ele não manifestava grandes ambições ou projetos futuros, nem metas a serem conquistadas; também não parecia viver de rememorações, nem de louros passados. Ele vivia o hoje, o aqui & agora. Comia quando tinha fome, dormia quando tinha sono e vinha para o meu colo quando queria um afago. E o amanhã de Borges seria tão simples e absoluto quando o ontem dele. Borges não tinha razões para ansiar o retorno da vizinha do andar abaixo. Ele talvez até se alegrasse ao revê-la, balançando a cauda, mas ele não tinha motivos para esperá-la. Eu é que teria de viver em suspensão, aguardando a data do reencontro com sofreguidão.

**

Sem muito mais aviso, o verão chegou com força total e, durante a semana, quando todos meus vizinhos estavam trabalhando. Eu descia para o quintal e aproveitava a piscina do condomínio, sempre muito fria. Este era um dos meus sonhos infantis, uma piscina em casa. Só havia conhecido uma única pessoa que dispunha desse luxo, o primo de um primo, e, na minha mente, este era o auge da burguesia, o símbolo supremo da alta sociedade, mesmo que este primo do primo não fosse lá muito rico. Pois pessoas normais, como eu, meus pais e meus amigos, só tínhamos acesso, poucas vezes ao ano, a piscinas públicas, de clubes, lotadas, com todos os tipos de farofeiros, ou éramos simplesmente obrigados a aguentar o verão inteiro diante de um ventilador, pago em parcelas. Uma piscina em nosso próprio quintal representaria que havíamos tirado o pé da lama e que todas as preocupações em pagar contas atrasadas, com o financiamento a perder de vista do apartamento, ou em como esticar o décimo-terceiro salário para cobrir as dívidas contraídas durante o ano e ainda comprar os presentes de Natal. Mal podia esperar pelo dia em que papai chegaria em casa e anunciaria: estamos nos mudando para uma mansão no Batel, o bairro mais chique daquela Curitiba, a que esconde suas favelas, com piscina e tudo o mais! Mas isto jamais aconteceu. Passei toda a minha infância e juventude suportando as dificuldades da classe-média baixa, com suas limitações e eterno lamento. Não éramos miseráveis, nem pobres, somente por isto já éramos afortunados. Meu pai batalhava dia após dia para nos dar um pouco de conforto, dando seu sangue para evitar que passássemos necessidades. Desde há muito, ele só andava de carros usados, mas todos em bom estado, pois era um ótimo negociador, como se gabava. Lembro-me do Fusca azul, no qual tantas vezes viajamos para a praia nas férias. Depois vieram a Brasília e o Gol, já que papai repetia sem titubear: um Volks é um Volks, igual a mula de carga. Foi neste Gol prata que aprendi a dirigir, e também foi nele que levei minha mãe tantas vezes para a quimioterapia, no insano e desesperado esforço que ela e a família empreendia para salvá-la do câncer de pulmão. E foi neste mesmo Gol que conduzi meu pai para o velório dela, num abatimento tão brutal que pensei que ele morreria de tristeza antes de enterrá-la. Nossa vida mudou bastante depois; primeiro, meu pai se afogou na bebida, recaindo no alcoolismo do qual havia se libertado tantos anos antes; posteriormente, ele arranjou uma nova esposa e foi nesta época que saí de casa, alugando uma quitinete no Centro, bem perto do Terminal do Guadalupe, no meio da boca do lixo. Quantas vezes fui roubado na porta do meu prédio ao retornar à noite depois da faculdade? Três? Quatro? Aprendi a carregar alguns trocados na carteira, para ter algo para dar aos ladrões, o suficiente para eles não se irritarem e não resolverem me espancar ou mesmo balear, uma morte estúpida porque você não tinha nem cinco reais no bolso. Talvez tenha sido neste ponto que abandonei enfim qualquer sonho da piscina em casa, vivendo numa pocilga de dezessete metros quadrados, que me custava quase metade do salário e que me servia apenas para dormir, pois eu passava as tardes dividindo o tempo entre atender meus poucos alunos de inglês e ler tudo que pudesse na biblioteca da faculdade. Aquelas prateleiras e seus livros eram meu único refúgio, salvação única. Enquanto meu pai se escondia do desamparo na bebida, eu havia conscientemente optado por fugir para os mundos ficcionais, para Macondo ou para Lilipute, para a Paris de Hemingway e de Henry Miller, ou para a Londres de Dickens. Estes foram os anos das inúteis oficinas literárias e dos contos mal escritos e jamais publicados ou publicáveis. Anos de incerteza e de uma angústia muda sobre o futuro. Anos nos quais eu pensava ser muito melhor do que realmente era, com um grande destino pela frente, um gênio incompreendido azarado por haver nascido no lodo, na imundície e no esquecimento da América Latina, quando eu me punia por não ter tido a sorte de ser norte-americano ou europeu, onde estavam as verdadeiras oportunidades para os artistas. Foi Borges, o homem, quem me trouxe algum alento, pois, se um escritor argentino, nascido e criado num país não tão distante nem tão diferente do meu, havia podido se agigantar e conquistar o mundo, por que eu também não poderia? O que me faltava? Descobrir o tema perfeito, que expressasse as inquietudes de minha época, e delimitar meu estilo, então tudo se encaixaria e eu seria descoberto. Pronto. Alguma editora publicaria meus livros, que estariam em todas as livrarias e as filas para comprá-los contornariam o quarteirões; eu seria entrevistado para o jornal e para a TV, e meu nome estaria na boca de todas as pessoas, fosse para me elogiarem ou para me criticarem, o que tanto fazia, desde que meus livros fossem lidos. Depois, só faltaria o Nobel de Literatura, o último degrau incondicional, quando inquestionavelmente você se tornou um dos grandes, um mérito que jamais lhe poderia ser retirado. E, quem sabe, quando este dia chegasse, eu não fizesse como Sartre, recusando-o, pois eu também estava além de uma premiação que não representava nada, apesar de interiormente estar profundamente lisonjeado com a honraria. Mas quem seria lembrado no fim: a centena de laureados que aceitaram passivamente o prêmio, ou Sartre e eu, dois desafiadores do sistema? E sozinho, no banheiro da minha quitinete, eu ensaiava diante do espelho meu discurso para a Academia Sueca. Mal poderia imaginar que, alguns anos depois, eu estaria lecionando no exterior e, em seguida, de volta a um apartamentinho, alimentando novos delírios de sucesso e reconhecimento, num ciclo estéril e desesperador. Só que agora eu havia realizado pelo menos um dos meus sonhos juvenis, a piscina do prédio, onde eu passava algumas horas quase todas as tardes da semana. No entanto, aos sábados e domingos, aquele era um território proibido, quando todos os argentinos do condomínio desciam para o quintal com a cuia de mate em mãos, num clima insuportável, pelo menos para mim, que jamais conseguiria me habituar com a indiferença deles, todos sentados calados, com as caras fechadas, sem nem olharem para o lado para não correrem o risco de travarem contato visual com outro dos vizinhos, aspergindo incessantemente o mate quente que não combinava com os quase trinta graus. O que me restava nos finais de semana eram os passeios prolongados com Borges, ele a me seguir com uma disciplina espartana. E estes costumavam ser os dias mais quentes e belos, daqueles que realmente nos convidam para um mergulho, mas preferia mil vezes a companhia do cão cego, velho e pulguento, do que ter de sentar-me ao lado daqueles portenhos esnobes e fingir que tudo estava bem. Pois nada estava bem, e eu podia estar no inferno, ou na boca de um vulcão cuspindo lava, que nada me convenceria a descer para a piscina nos finais de semana. Aqui, só você é meu amigo, eu dizia para Borges, enquanto tomava um sorvete de doce de leite numa praça.

**

Foi com um misto de apreensão e alegria que ouvi meu irmão falando ao telefone. Estamos indo visitar você daqui algumas semanas. Era o que eu não precisava naquele momento, mais uma distração para me afastar do projeto do romance ainda não iniciado. Também não necessitava de ninguém para futucar minha miséria e descobrir o quanto eu havia fracassado. Meu irmão havia sido meu maior ídolo, mas também meu pior rival. Passei toda a minha vida sob a sombra dele, um sujeito tão bem-sucedido quanto popular. Para meus pais, ele era o símbolo inquestionável do êxito, um exemplo que eu deveria seguir. Aos dezenove anos, havia aberto uma imobiliária numa sociedade com um amigo e viu a grana entrar aos borbotões. Aos trinta, já havia conquistado todos aqueles valores fúteis da alta sociedade: um belo carrão importado, uma cobertura na cidade, uma casa na praia, viajava a Miami e a Nova York duas vezes por ano e havia se casado com uma modelo estúpida, muito mais nova que ele. Meu irmão ostentava todos os luxos, de Rolex a sapatos italianos, e vira e mexe aparecia nas colunas sociais desfilando nos jantares do Clube Curitibano. No entanto, intelectualmente, ele era um nada. Havia lido um ou dois livros em toda sua existência, não ia ao cinema, nem a museus, nem sabia nada sobre nada além de mercado imobiliário. Ele detinha um conhecimento raso, mas pragmático, suficiente para fazer sobreviver e expandir seu pequeno império. Não sabia quem era Kant ou Schiller. Para ele, Kafka era um prato árabe. Diante de meus olhos, todo o triunfo dele não passava de castelinhos de areia, mas, na visão dos outros, ele era o irmão rico e eu o perdedor, o filósofo ensandecido sem apego aos bens materiais. Eu não o invejava pelo que ele tinha, longe disto! Mas invejava a facilidade com que ele obtinha o sucesso. Viver parecia natural e livre de esforço ao se observar meu irmão. Ele era leve e sem rugas, sem angústia nem preocupações, sem dúvidas ou indecisões. Era um Midas, o que tocava virava ouro. Meu irmão era daquela estirpe dos construtores do mundo, como os governantes que erigiram a Muralha da China ou o Coliseu. Se o mundo se move, se existe algum tipo de progresso, é por causa de sujeitos como ele, que não se importam com a Metafísica nem questionam a existência de Deus. Eu, por outro lado, sou de uma espécie destrutiva, de bárbaros e vândalos que derrubam reinos, impérios e monumentos, dos que põem abaixo ídolos e tocam fogo em Roma, gargalhando de sobre nossas torres, assistindo-as arder. Para mim, criar um livro significava o mesmo que destruir tantas coisas, desconstruindo o óbvio. Eu não pretendia apaziguar nem trazer a luz; eu queria trazer a espada e incitar irmão contra irmão. Se eu era Caim, ele era Abel, e o Senhor sempre favorece a ovelhinha cordata. Encontrá-lo em Buenos Aires acentuaria ainda mais o sabor amargo da minha derrota, semearia mais incertezas nos meus projetos literários. Ele vinha para me fazer companhia, para talvez trazer-me algum consolo após minha separação, mas, no fundo, ele portava a pá de cal para terminar de sepultar-me. A reluzente correntinha de ouro no peito peludo e a esposa modelo me humilhariam sem que ele nem se desse conta, como sempre havia feito, mesmo quando ainda estávamos na escola, ele três anos mais velho, o mais popular, amigos ao redor, menininhas correndo atrás dele; e eu quase sempre sozinho, ou unido aos párias do colégio, escondido na biblioteca para não apanhar dos garotos mal-encarados que não gostavam de mim. Havíamos nascido e crescido num mesmo lar, mas nossas vidas haviam sido tão distintas que era como se viéssemos de galáxias a milhões de anos-luz uma da outra. Logo na primeira noite da chegada dele, meu irmão me levou à melhor churrascaria de Buenos Aires, que eu conhecia de reputação, mas que jamais tive coragem de pôr o pé por causa dos preços.

Bom, né? Disse meu irmão, assim que o garçom trouxe nossos pratos, com o suculento *bife de chorizo* chiando sobre a tábua quente.

Sim, bom... Resmunguei.

E como anda a vida? Está gostando de morar em Buenos Aires?

Muita coisa mudou, estou me readaptando. Mas não é fácil... A convivência é complicada com este povo de cá. Sem dúvidas, não estamos mais nos Estados Unidos.

Vi muitos edifícios novos sendo construídos por aqui. E eu que pensava que eles estavam em crise. Será que o mercado imobiliário anda aquecido?

Assim ele encaminhou a conversa para o único assunto que o estimulava. Mesmo sem entender nada sobre isto, respondi. Acho que sim. Parece que tem uma porção de gringos vindo para cá, fugindo dos altos preços das grandes cidades americanas. Eles vendem um apartamento lá e compram uma dúzia aqui. Devem ser eles que movimentam parte deste mercado, acho...

E os brasileiros também, não é? Só ouço português onde quer que eu vá. Ele riu.

Brasileiros vêm para fazer turismo, ninguém quer morar aqui.

Tem razão. Quem iria querer trocar o Brasil por esta merda? Então ficamos em silêncio, cada qual com seu bife. A modelo não havia aberto a boca até aquele instante, então, finalmente, sem aviso, perguntou.

E como anda seu romance? Adiantado?

Mais ou menos. O que importa é pôr o ponto-final. Eu disse, um tanto atravessado. Meu irmão lançou uma olhadela de orgulho para a esposa.

Ela é um crânio, sabia?

Ah é? Perguntei, mais por educação que por convencimento. Em comparação a meu irmão, até um repolho se saía bem.

Estou me formando em Letras. Adoraria ser escritora, mas é um talento que não tenho. Contento-me em ser uma leitora atenta.

Faz bem. O que este mundo não necessita é de mais escritores... E isto inclui a mim. Dei uma risadinha desconcertada, mas recebi da modelo uma gargalhada desproporcional, mostrando que realmente havia achado graça no meu comentário.

E sobre o que é seu livro? Perguntou meu irmão, sem interesse.

É sobre um escritor que vem a Buenos Aires, e que encontra dificuldades para começar seu próximo romance, sempre postergando, bloqueado, ocupado com outras coisas.

Hum... Ele murmurou. Mais uma história sobre um escritor frustrado? E o mundo precisa de mais um livro como este? Senti que a gargalhada da esposa o havia incomodado um pouco, como se ela não pudesse achar engraçado nada que viesse de mim.

Dei um suspiro, pronto para palestrar, mas me contive. Ninguém precisa de nada, meu irmão. Na verdade, nossas necessidades são parcas: ar, água, algum alimento, um lugar para dormir e afeto. Ninguém precisa de Literatura, nem de música, nem de qualquer tipo de Arte. Assim como ninguém precisa de uma cobertura de luxo, com porteiro, três vagas na garagem, hidromassagem e piscina aquecida, ninguém precisa da história de um escritor frustrado, nem de uma história sobre a Guerra de Troia, sobre as Cruzadas ou sobre um pequeno príncipe que vem à Terra. No entanto, é inerente ao humano desejar para além da necessidade: queremos mais, ansiamos por mais. Sempre haverá alguém que deseja mais, seja a luxuosa cobertura, seja a luxuosa companhia de um romance sobre um escritor frustrado. Talvez isto não lhe diga respeito, sei que você não gosta de ler, mas sempre poderá haver um alguém neste mundo que queira ler histórias como estas, e é para esta pessoa que escrevo. Não cogito obrigar ninguém a ler meus livros, mas cada linha tem o um destino certo.

Mas, como você disse, todos precisam de um lugar para dormir, e isto é uma necessidade.

Sim, mas até uma caverna serve. E nós precisamos de nossas narrativas, afinal somos um animal dotado de linguagem. É por meio das palavras que compartilhamos com os outros nossas necessidades, medos e anseios. E é também através da palavra que narramos nossas experiências, sejam elas fatuais ou ficcionais.

É um mundo à parte e com regras próprias. Acrescentou a modelo. O que é interessante na vida real às vezes não é tão interessante na Literatura. É por isto que sempre imploro para ele começar a ler, para fazê-lo entender isto.

Exatamente! Mirei-a com surpresa. Em nossas vidas, ficamos felizes quando tudo está dando certo, quando temos uma bela família, quando todos os nossos projetos se realizam sem dificuldades. No entanto, na ficção, esta seria uma história monótona. Os personagens precisam superar vários obstáculos até alcançarem seus objetivos, quanto maiores e mais complexos forem uns e outros, mais instigante será o enredo.

Monótono este papo... Disse meu irmão, bebericando o vinho. A modelo me lançou um estranho olhar. Naquele instante odiei meu irmão com todas as minhas forças. A esposa dele era linda, loira e inteligente. Devia haver somente umas dez mulheres assim em todo o planeta e ele, justamente ele, havia conquistado uma delas pra si. Não era justo! Se meu irmão protagonizasse um romance, seria a história mais tediosa jamais escrita. Onde estavam os obstáculos e a superação?

Eu gostaria de ler seu livro quando você o concluir. A modelo disse, enfim. Meu irmão me fuzilou com os olhos, me odiando muito.

Pode deixar... Assim que eu o acabar, mando uma cópia para vocês. Ela sorriu. Eu sorri. Meu irmão passou o resto da noite emburrado.

**

Sonhei com a minha cunhada naquela noite. Sonhos pouco cristãos. Meu irmão havia morrido, ou eu o havia matado; bem, ele estava morto. Então, assim como numa tradição primitiva, com fingido remorso assumi a cunhada viúva. Apesar do prelúdio dramático, foi um sonho erótico, explícito. Fizemos amor lentamente, com delicadeza. Ambos nus, na cama, e eu a acariciar cada centímetro do corpo magérrimo dela, tão perfeito que beirava ao feio por sua antinaturalidade. Um metro e oitenta de pele sedosa. Eu deslizava as pontas dos dedos pelos seios pequenos dela e a beijava com calmo fervor. Ela mantinha os olhos fechados e se masturbava delicadamente, então me voltou seus olhos assustadoramente verdes, pântano de mistérios. Era um convite para avançar. Despertei sobressaltado, excitado, e só consegui voltar a dormir depois de uma punheta tão intensa quanto incestuosa. Já previa que aquele encontro com meu irmão me desestabilizaria, sem imaginar que não seria pelas razões que antevia. Incomodou-me mais o fato de ele ter uma esposa inteligente, e não a manequim estúpida que eu concebera, do que qualquer outra coisa. Nada no mundo fazia sentido. Numa realidade ideal, por mais que isto soe paradoxal assim que reunimos estes dois termos, gente estúpida deveria se relacionar com gente estúpida, e pessoas inteligentes com outras inteligentes. E os filhos de gente estúpida seriam tão estúpidos quanto seus pais, e assim por diante. No entanto, assim que me ocorreu este pensamento, logo me envergonhei dele, pois era exatamente o mesmo raciocínio do nazismo e da erradicação das raças inferiores, um absurdo mundo novo nada admirável. Me lembrei de Abbas Kiarostami e seu incrível *Através das Oliveiras*, em que o moço analfabeto requer uma alfabetizada para casar, por achar que assim o mundo seria melhor, juntando os diferentes. Senti vergonha. De fato, o segredo de nossa sobrevivência e adaptabilidade enquanto espécie provinha desta nossa diversidade. Cada pessoa é um cosmo complexo e inescrutável em si. Um sujeito tranquilo e previsível, com uma bela família, emprego estável e tudo regulado em sua vida, de um dia para outro, pode degringolar, matar seus filhos e esposa, atear fogo à casa e sumir por estradas poeirentas montado numa Harley Davidson. Ou o mais brutal e impiedoso dos homens pode, num momento inesperado, exibir os maiores gestos de compaixão e generosidade. Não existem regras, nada está escrito em pedra, e o que é sólido desmancha no ar. Talvez da união entre o boçal do meu irmão e sua brilhante esposa modelo poderia nascer o maior gênio jamais concebido, o próximo Einstein ou Da Vinci. Acima de tudo: quem seria eu para julgá-los? Aí tentei retraçar mentalmente algumas biografias de indivíduos brilhantes, de quem eram seus antecedentes, mas esta tarefa pouco me ajudou, pois duvido que em alguma biografia você encontrará que Leopold, o pai de Mozart, era um imbecil, ou que a mãe de Platão era uma mulher perniciosa e ignorante. Talvez uma exceção seja Schopenhauer, com uma mãe brilhante, mas com a qual ele definitivamente não tinha um bom relacionamento; ela estava aberta para receber na casa dela todos os grandes nomes alemães da Literatura e Filosofia de sua época, como Goethe e Schlegel, mas era incapaz de reconhecer o poder intelectual de seu próprio filho, chegando a atacá-lo nos jornais. Há também os casos de Kafka, oprimido pela temível figura paterna, e de Mozart, explorado desde menino por um pai oportunista. A genealogia quer dizer pouco, senão teríamos gerações e gerações de gente bem-sucedida, gente famosa, ou de gente genial. Mas o que observamos é justamente o contrário, depois de uma geração extraordinária, costumamos ter uma legião de derrotados, vivendo nas sombras dos gigantes, esmagados psicologicamente pela grandeza de seus progenitores. Seria por isto que muitos dos mestres da escrita e das artes preferiram não ter filhos, para não deixarem sementes secas, sem forças para brotarem e crescerem na escuridão lançada sobre elas pela magnitude de seus pais? Improvável. Digo por mim; se eu houvesse tido pais de grande renome, com aquele brilho interior que nos cega, duvido que um dia tivesse coragem de erguer-me e tentar levantar minha própria voz. Se meu irmão, que está longe de ser um homem brilhante, já me ofusca em vários aspectos, com seu sucesso, com sua riqueza e com sua esposa gostosa, quão daninho não seria sobre mim o efeito de pais grandiosos? Felizmente, tanto papai quanto mamãe eram medíocres, daquela categoria de pessoas que vivem para o pão de cada dia, para a cama quentinha à noite e para as tardes de domingo diante da TV. Nenhum deles tinha grandes ambições, não almejavam ser geniais, ainda menos conquistar fama ou sucesso. Bastava-lhes o pouco que angariaram e, justamente por isto, eu e meu irmão pudemos respirar livremente, planejando grandes objetivos, cada qual de acordo com sua natural inclinação. Ele queria dinheiro e poder, e havia conquistado sua parcela. Eu almejava o reconhecimento e a imortalidade, mesmo que fosse através da escrita. Ainda não havia conquistado esta meta, nem estava certo se a cumpriria um dia, mas ao menos eu pude alimentar este devaneio, sem nenhum fantasma pairando sobre minha escrivaninha, sem nenhum monstro sagrado atormentando-me com sua glória. Vim de uma linhagem de ninguéns. Meus pais não haviam sido extraordinários, meus avós viveram vidas pacatas e sem sobressaltos e meus bisavós haviam cruzado o Atlântico com uma mão na frente e outra atrás, depois de muita penúria numa Europa empobrecida, onde comeram o pão que o diabo amassou. Até onde eu podia retraçar, não havia nobres nem grandes nomes na minha árvore genealógica, apesar de certa vez eu haver encontrado um autor com o mesmo sobrenome que o meu no círculo modernista de Fernando Pessoa, mas duvido que ele tivesse algum grau de parentesco com a minha família. Uma linhagem desinteressante, mas interessante por esta mesma razão. Seria eu o primeiro a dar-lhe valor e inseri-la na História? Ou seria apenas mais um demente, incapaz de ver um palmo diante dos olhos e perceber quão insignificante eu também era?

Borges pulou para cima da cama e se deitou na altura da minha cabeça, ocupando metade do meu travesseiro. Porra, Borges, que folgado! Ele respirava com rapidez, como eu nunca havia visto antes. Você está bem? Ele lambeu o meu rosto, parecia haver se acalmado um pouco. Fiquei com pena dele, por isto, deixei que ele dormisse ali. Os pelos duros dele pinicando minha cara incomodavam, mas, ao mesmo tempo, reconfortavam-me. Era bom não estar sozinho. Era bom que Borges estivesse comigo. Se um dia se lembrarem de mim, sussurrei no ouvido do cão, também se lembrarão de você. Juntos seremos imortalizados.

**

Eu me encontrei outra vez com eles dois dias depois, mas muito rapidamente para um café.

E como ela está? Meu irmão me perguntou, tocando enfim no assunto delicado do meu divórcio. Com "ela", ele se referia à minha ex-esposa.

Não sei... Não temos conversado muito desde então.

E o menino? Não o viu mais?

Não. Somente por fotos que ela me manda por e-mail, uma vez por mês.

Sente falta deles?

Quase nunca. Respondi, sem muita tristeza. Mentir não era da minha natureza. Imagino que a resposta óbvia, que todos aguardariam de mim, era que eu estava arrasado, que minha vida havia terminado e que eu havia perdido meu rumo. Contudo, a sensação era a oposta, era a de um renascimento, como se eu pudesse conquistar o mundo sem ninguém atravancando meu caminho. Eu era um prisioneiro acorrentado a uma bola de ferro; amputar meu pé para me ver livre havia sido uma solução. Não nos amávamos mais. Foi simples pormos um fim. Emendei, para amenizar o silêncio que nos constrangia.

Minha cunhada quase nada falou. Eles estavam indo fazer compras e este era um programa que não me animava nem um pouco, por isto, corri de volta para casa, onde estaria protegido. Não os vi mais durante a semana que passaram em Buenos Aires. Me pareceu que meu irmão, aquele que havia vindo somente para me consolar, como ele havia insinuado, estava me evitando. Ligou-me somente na noite anterior à partida deles para se despedir. Ainda pude escutar a voz da cunhada pedindo para que eu não me esquecesse de enviar-lhes meu romance quando o concluísse.

Era bom que eles se fossem. Mesmo que quase não os houvesse encontrado, somente o fato de poder me esbarrar com meu irmão pelas ruas da cidade já era um motivo a mais para que não querer sair à luz do sol. Preferia não ter de enfrentar-me cara a cara com ele, nem de estar perto da minha cunhada, oprimido por sua beleza radiante. Eu e meu irmão não tínhamos nada em comum a não ser o sangue nas veias e os nomes dos mesmos pais nas identidades, de resto, éramos totalmente distintos. Alguns dizem que o sangue sempre fala mais alto, mas isto não significa nada para mim. Prezo mais Borges, o cão cego e feio, do que qualquer parente bonito meu; ele representa mais para mim hoje do que qualquer um deles um dia representou em minha vida. Sangue é nada. Talvez fosse importante para as dinastias reais, para determinar a linha de sucessão ao trono, mas para nós, que nascemos na imundície da plebe, sem títulos nem honrarias, é melhor termos ao nosso lado um grande amigo do que um parente traiçoeiro. Que respeito pelo sangue tem aquele tio que estupra a sobrinha? Ou o avô que molesta o neto? Ou o irmão que sacaneia a irmã na hora de receber a parca herança dos pais recém-falecidos? Sangue é nada, nada! Meu irmão partiria e eu o veria somente daqui dois ou três anos, e nossas conversas seriam sempre cheias de dedos, pisando em ovos, tomando cuidado para não nos ofenderemos mutuamente. Ele com seus valores burgueses, eu com minhas sandices filosóficas. Entre mim e ele quase não havia diálogo possível, nem meio-termo. Ele viveria e faria coisas que eu jamais poderia conceber, e eu elaboraria ideias e planos que ele não tem sequer condições intelectuais para apreender. De certo modo, era bom ter um irmão estúpido, pois, neste quesito, eu podia planar livre, sem medo da concorrência. Imagine que desgraça se meu irmão fosse tudo o que ele já era, rico e bem-sucedido, com mulher gostosa e inteligente e além disto tudo ainda inteligentíssimo. Seria a humilhação total! Se este fosse caso, somente a morte poderia me redimir. Mas a natureza é sábia, pois ele possui bens e dons que eu não almejo, e eu tenho talentos e capacidades que ele jamais poderia alcançar. Isto soava justo para mim. O fato é que existem muitas pessoas para poucas qualidades, mas muito talento para pouca visibilidade. Se cada uma das sete bilhões de pessoas do planeta alcançasse os quinze minutos de fama preconizados por Warhol, necessitaríamos de quase cinco milhões de anos para que todos pudessem brilhar. Talvez devêssemos nos restringir a apenas quinze segundos de fama. É pouco, mas seria uma medida correta para que todos reluzíssemos. Isto é utopia. Pois, enquanto alguns vivem décadas de fama, bilhões de talentos subjazem nas sombras da indiferença. Este é um medo que me assombra: não ter o meu talento reconhecido, bater-me contra o muro da indiferença. Odeiem-me ou me amem, mas, por favor, não me ignorem, não finjam que não existo, que não tenho valor, que o que digo e escrevo não tem importância! Matem um artista, deixem-no apodrecer numa masmorra, queimem-no em praça pública, mas jamais abandonem sua obra para ser consumida pelas traças do tempo. Uma obra só vive, só existe enquanto é apreciada; os personagens de um romance necessitam dos leitores para insuflar-lhes alma e ressuscitá-los naquelas páginas amareladas nas prateleiras das bibliotecas. Tudo que um livro suplica é por aquele leitor que dedicará intensas horas ou dias em sua leitura, que o respeite e o acolha, que o ponha sobre o criado-mudo, ao lado dos óculos e do despertador. Amor pelos livros é tão raro, é sentido por tão poucas e singulares pessoas, que, se um livro cai nas mãos deste leitor ideal a magia acontece. Quisera eu que um dia o meu romance tivesse a sorte de encontrar o leitor perfeito, que talvez até seja você que o lê neste instante. Então lágrimas lhes escorrerão diante do meu sofrimento, você rirá comigo, ou as mesmas questões que me inquietam também o perturbarão; nós seremos como irmãos de espírito, compartilhando de nossas essências mais secretas. E, onde quer que eu esteja, meu peito se incendiará de alegria e eu rirei sozinho, de uma felicidade que jamais vivenciei antes. Os nossos destinos terão se cumprido e, nesta hora, descobrirei que eu estava errado, que os livros podem realmente transformar as vidas dos outros, revelando-lhes um universo extraordinário e devastador, como um furacão que passa arrastando tudo consigo, com muita dor e sofrimento, mas também abrindo espaço para a necessária renovação. Joguei-me na cama e chorei como uma criança que se perde dos pais. Eram lágrimas que estavam represadas há tantos meses, um pranto doído que eu nem sabia de onde provinha. Chorei porque estava sozinho na vida; chorei por desespero e desânimo. Seria tão mais fácil desistir de tudo e tentar enquadrar-me, arranjar uma nova esposa e um empreguinho qualquer que pagasse as contas. Ser como todos os demais, sem angústia nem irresolução, para poder passar o sábado na casa de amigos tomando caipirinha, assistindo a uma partida de futebol, contando piadas e falando de mulheres. A existência seria boa e tranquila, sem tormentos, nem a incompreensão dos demais. Eu seria normal. Borges se aproximou e lambeu minhas lágrimas. Obrigado, amigo. Mas este ato do cachorro, ao invés de me consolar, desolou-me ainda mais. Havia pelo menos uma criatura neste mundo que me amava, e talvez ela não tivesse mais muito tempo de vida.

**

Eu gostaria de ter nascido em outros tempos, em séculos ou milênios passados. A atualidade me entendia, repele-me, oprime a minha mente. O passado é tão mais brilhante e sedutor, tão mais pleno de gênios, heróis e grandes feitos. A nossa é a época da mediocridade e do fracasso. Somos como o resto da sopa que ficou no fundo do caldeirão quase esvaziado; quase tudo que era bom e substancioso já foi descoberto e devorado e sobrou apenas o caldo ralo e frio. Os mestres estão mortos, os discípulos prodigiosos destes mestres também já se foram, e cá estamos nós, cópias malfeitas do que já se fez, balbuciando e remedando os grandiosos aforismos que outras bocas pronunciaram na hora certa. Afortunados eram os helenos, que nasceram e prosperaram na aurora dos tempos, revelando ou criando tudo que poderia ser revelado ou criado. Um povo que engendrou a Filosofia, a tragédia, a épica, a geometria, a escala musical e tantas outras disciplinas e ciências deveria ser reverenciado de joelhos, com prostração e servidão. Dois mil anos depois veio o Renascimento, a verdadeira humilhação artística e científica, o desafio definitivo para qualquer um que se aventurasse a nascer neste mundo. Como criar depois de Da Vinci, Boccaccio, Dante, Rafael, Petrarca e Michelangelo? Como ousar erguer-se da imundície e da insignificância após tais gigantes terem passado por sobre a Terra? Mais quinhentos anos e surge a maldita Modernidade, dias de fogo e destruição, o fim de toda Arte possível, a aniquilação de todos os parâmetros. Findos os anos modernistas, tudo era possível, por isso tudo impossível. As vanguardas estenderam seus tentáculos em todos os ramos e direções, a experimentação extrema que drenou a energia e o ânimo de todas as experimentações vindouras. Caíram as formas e os tabus, então tudo perdeu sua graça, nada mais escandaliza, nada mais é inovador o bastante. Aparecemos na cola desta devastação, quando todos os caminhos haviam sido abertos, aplainados, asfaltados e abarrotados com postos de pedágio, quando todos os perigos haviam sido erradicados e todas as tábuas das leis rompidas. O nosso percurso é tranquilo e certo, por isto monótono. Podemos tudo, sem medo, e isto é completamente desanimador. Contra qual inimigo devemos nos bater? Nenhum, estão todos mortos! Quais obstáculos devemos superar? Nenhuns, foram todos removidos! Nossos únicos adversários somos nós mesmos e os fantasmas da tradição, que conquistaram tudo que jamais obteremos. O mundo ruiu, mas são bem poucos os que percebem os escombros cinzentos através dos quais caminhamos. Reconstruí-lo, você me diz? E por onde começar? Quando se trata de apenas um edifício desmoronado, basta reunir os tijolos, as traves e vigas, limpar e preparar o terreno para a nova construção, mas quando tudo está devastado, quando nada resta de pé, qual é o primeiro tijolo a ser retirado, onde devemos escavar primeiro? É muito mais fácil nos sentarmos num canto e chorarmos, tapando nossos rostos recobertos de fuligem. Reconstruir é muito difícil, mas chorar é fácil. Choremos, pois! E uma vez mais invejei não poder ser um cão como Borges, sem deuses nem ídolos, sem Da Vinci nem Sófocles em toda a história canina. Talvez o único grande cão de todos os tempos tenha sido aquele primeiro lobo anônimo que se desgarrou de sua matilha e ousou aproximar-se do acampamento dos homens primitivos, sujeitando-se aos mandos dos humanos, para que toda sua descendência fosse servil e mansa, trazendo o chinelo para seus donos no fim de tarde. O primeiro cão, o primeiro escravo-cão. Em seguida, nenhum sobressalto, sem conquistas nem derrotas. Todos os cães caminhando lado a lado com seus donos, que poderiam ser o Tião da padaria ou o rei da França, pois, para os cachorros, títulos, dinheiro ou fama pouco importam. Borges não se preocupa se sou um escritor sem obra alguma ou se sou o maior autor de todas as eras. Para ele, basta o meu carinho entre as orelhas ou na barriguinha, enquanto ele se estica e ronrona como um gato. Gostaria de ter nascido em outros tempos, quando a vida era mais simples e mais fácil. Talvez até gostasse de ter nascido uma outra pessoa, de preferência que fosse feliz.

    Os sonhos são da mesma matéria das ilusões.

**

A campainha tocou e despertei sobressaltado, tateando pelo relógio sobre o criado-mudo. Borges também se levantou, latindo. Caralho, dez da manhã! Quem estaria à minha porta tão cedo? Levantei-me, furioso, pronto para dar um esporro em quem quer que fosse. *Quien és?* Berrei, sem muita paciência para sequer espiar pelo olho mágico. A resposta veio rápida. Era a vizinha do andar abaixo, a fotógrafa, aquela a quem eu tanto havia aguardado durante estas semanas. Um instante, por favor, gritei, agora com gentileza. Borges continuava latindo atrás de mim. Corri para o banheiro e me observei no espelho. Estava em cuecas, despenteado, barba por fazer e olheiras evidentes: havia dormido somente três ou quatro horas. A passada ligeira do pente pouco ajudou e escovei os dentes em dezesseis segundos, apenas para livrar-me do bafo matutino. Vesti as calças e uma camiseta qualquer e apressei-me a entreabrir a porta, afastando com a perna o cão que ainda se esgoelava a latir.

 Cale a boca, Borges!

 Ela me olhou constrangida. Eu o acordei?

 Passei as mãos pelos cabelos para ajeitar as mechas rebeldes, respondendo. Não, que nada! Só estava tirando uma soneca, não a esperava por aqui hoje.

 Se quiser, posso voltar outro dia. Disse se desculpando.

 Não, não, não! Está tudo bem... Só não a convido para entrar porque o apartamento está uma zona. Faz muito tempo que voltou a Buenos Aires?

Não, ontem à noite.
E como foi a viagem? A família está bem?
Sim, todos ótimos. Ela sorriu, e só isto já iluminaria todo o meu dia. Tem certeza que não prefere que eu volte mais tarde... melhor, por que não desce ao meu apartamento lá pelas sete, que acha?
Hoje, às sete? Ótimo! Sim, estarei lá! Ela sorriu despedindo-se. Fechei a porta, empurrando Borges para trás, e, na penumbra do quarto, sentei-me na cama, coração disparado pelo susto e pela surpresa. Ela se lembrou de nós, Borges. Chegou ontem à noite e a primeira coisa que fez hoje de manhã foi bater a nossa porta. Bom sinal, não é? Borges abaixou as orelhas e inclinou a cabeça, tentando me compreender. Eu estava feliz, realmente feliz após tantos meses de suplício naquela cidade. Todavia, as horas se arrastaram. Não consegui voltar a dormir, estava muito agitado, por isto, aprontei-me e eu e Borges fomos dar uma volta pela vizinhança, iluminada pela claridade matutina à qual tão pouco eu estava habituado. Talvez você nunca tenha percebido, principalmente se for daqueles habituados a acordar cedo todos os dias para ir ao trabalho e retornar à tarde para casa, mas a iluminação da manhã é muito diferente daquela da tarde, como a minha vizinha fotógrafa me explicaria ainda naquele mesmo dia: a luz da manhã é mais translúcida e dourada, e a aurora lança matizes róseos pelo céu, manhã de dedos rosados (rododátila), diz Homero, dedirósea juntou Odorico Mendes na tradução das epopeias homéricas; já a luz da tarde é avermelhada, mais quente e, por causa da poluição das grandes

cidades, o sol do crepúsculo é como uma bola de fogo rubra. Quantos pores-do-sol não vi nesta vida? Eu sou um ente crepuscular, e assisti ao sol carmim desaparecendo de norte a sul nas Américas, como da vez que eu e uma antiga namorada, mochilando pelo Cone Sul, aguardamos o anoitecer sobre Cerro San Cristóbal, em Santiago do Chile, uma tarde tão romântica, com o sol gigante e vermelhão, e aquele ar seco e poluído que quase ocultava os Andes tão formosos e deslumbrantes, como canta o grande Sousândrade "que vulcânicos se elevam em cumes calvos / circundados de gelos, mudos, alvos / nuvens flutuando – que espetac'los grandes!" Deus, como pode a literatura! Por outro lado, quantas auroras eu havia visto? Talvez pudesse contar nos dedos rosados de uma das mãos as vezes que despertei para ver o sol nascer. Geralmente, eu apenas vislumbrava a claridade através da cortina, enquanto eu me preparava para dormir, pois o amanhecer era o alarme silencioso me indicando que já estava tarde demais e que eu precisava fechar os olhos para tentar descansar um pouco. E, assim como uma cidade tem um ânimo e um aspecto muito diferente quando anoitece e as pessoas se recolhem às suas casas, abandonando as ruas e praças aos mendigos e catadores de papel, até um diferente horário do dia pode travestir a cidade com uma nova cara, como quando deixamos o expediente no escritório antes da hora e, no meio da tarde, vagamos pelas ruas cheias de pessoas nas lojas e pastelarias, com um estranho movimento ao qual não estamos acostumados. Exatamente como todo o resto na vida, tudo se resume a uma questão de perspectiva. Às vezes, o simples caminhar pela calçada do outro lado da rua habitual já é o suficiente para vermos tudo de maneira diferente, com um olhar mais atento, revelando detalhes que desde sempre nos passavam despercebidos. Buenos Aires nunca havia me parecido tão iluminada, bela e jovial como então. Nem percebi as carrancas dos demais transeuntes e dos lojistas, ou os *pibes* da Guardia Vieja fitando-me de cima a baixo, escrutinando-me para saber se eu tinha algo de valor para roubarem. Entrei numa floricultura e encomendei um buquê de rosas, de um romantismo tão piegas que mal me reconheci neste ato. A quem estou tentando enganar? Somos de um jeito, daquele jeito que sempre fomos e que nos identifica como quem somos. Por que então queremos parecer diferentes, melhores, mais sentimentais, diante dos olhos da pessoa objeto de nosso desejo? Nos primeiros encontros, vestimos nossas melhores roupas, perfumamo-nos e ensaboamos bem o sovaco e os testículos, compramos presentes, fazemos mimos e nos desdobramos na conquista. Então, o compromisso é firmado e confirmado, iniciando-se o namoro ou o noivado. Ainda estamos no espírito do romance e da descoberta, deitando afeto sobre afeto, carinho sobre carinho, tomando todo o tempo do mundo para conhecer quem se ama e satisfazê-la. O sexo é terno e delicado, cheio de preocupação e receio, e o prazer alheio é a obsessão. Mas o tempo passa e o relacionamento amorna, os detalhes vão gradativamente perdendo a importância. A roupa nova e bonita desaparece, o perfume rareia e a cueca sensual cede lugar ao pijama velho e furado. A barba por fazer torna-se constante e, ao invés de jantares à luz de vela e viagens nos finais de semana para chalés em cidadezinhas charmosas, os enamorados passam as noites diante da TV, a cervejinha sobre a mesa de centro e a monotonia do cotidiano. O sexo torna-se natural, sem misticismo ou paixão, apenas duas criaturas à procura de prazer individual e solitário, pouco importando o gozo do outro. O casamento ocorre na ilusão que o vigor e o fogo daqueles primeiros dias ou meses se renovarão, permanecerão por todos os longos anos futuros de relacionamento, mas não, quando as brasas do amor já se arrefeceram, não há contrato nupcial capaz de reacendê-las, pelo contrário, é quando o verdadeiro balde de água fria é lançado para pôr um fim definitivo a qualquer ternura. Juntos, ambos, como casal, comerão o pão que o diabo amassou. Nos primeiros anos, assim que deixarem as casas de seus pais, terão de aprender por si só, a duras penas, a gerenciar as contas e as dívidas, o minguado salário se desvanecerá como fumaça e eles se desesperarão. Isto será motivo para brigas e discussões, um acusará o outro de ser o responsável pelo arruinar de suas vidas, eles se odiarão por alguns instantes, mas se reconciliarão depois, mesmo que, no íntimo, guardem e acumulem as mágoas de cada um destes desentendimentos. Ela engravidará e ele será devorado pelos ciúmes da criança que vem para ocupar o espaço que antes era só dele no coração da esposa. Ele e ela se afastarão ainda mais, novas brigas ocorrerão e novas reconciliações. Ele a odiará por causa das pequenas e constantes críticas diárias. Ela o odiará por causa do distanciamento, cada vez mais sozinha, enquanto ele se diverte com os amigos até altas horas nos bares nas esquinas do mundo. Enfim, quando o ódio e rancor forem superiores ao desejo e ao amor inicial que um dia os havia unido, haverá o maior de todos os confrontos, quando toda a sujeira e a merda escondida em anos de convivência serão lançadas nas fuças um do outro, quando toda a verdade desagradável emergirá à luz do sol e qualquer diálogo pacífico será impossível depois. Eles terão duas escolhas diante de si: insistir e tentar reconstruir, bem ou mal, este frágil vaso de porcelana estilhaçado, ou se libertarem, cada qual seguindo seu próprio rumo à procura da felicidade. Independentemente do caminho que eles decidirem trilhar, sempre correrão o risco de se arrependerem, de recair-lhes o peso da escolha errada, e talvez até de lembrarem com carinho dos tempos que passaram juntos. Mas também podem seguir adiante sem jamais voltar os olhos ao passado, cada qual conservando as marcas e cicatrizes, com as quais compararão todos os relacionamentos vindouros e as usarão como modelo para evitarem cometerem os mesmos erros novamente. Ainda assim errarão, as pessoas são diferentes, cada uma com suas manias e defeitos, mas os equívocos são os mesmos, e não há manual que nos ensine a como nos esquivarmos deles. Sempre os mesmos erros. Sempre cometendo os mesmos erros. Era isto que eu queria para mim naquela noite?, envolver-me com a vizinha do andar abaixo, apaixonar-me por ela, enfiá-la em minha vida e em minha história, somente para que eu viesse a odiá-la um dia, sempre por causa dos mesmos erros inevitáveis? E como certificar-me se a atenção e a educação dela não eram apenas um subterfúgio dos portenhos para me arruinarem definitivamente? Seria o golpe de misericórdia, como aqueles assassinos que se infiltram na casa de suas vítimas e as seduzem apenas para apunhalá-las na cama enquanto dormem? Tive medo, e por duas ou três vezes pensei em jogar aquele maldito buquê de flores na primeira lixeira diante de mim. Contudo, não podemos desconfiar das pessoas o tempo todo. Às vezes, devemos nos arriscar, mesmo que seja para fracassarmos, mesmo que nos machuquemos, mesmo que soframos no final. Pois quem disse que devemos evitar o sofrimento a qualquer custo? E se o sofrimento for necessário para nosso aprendizado? Então ocorreu-me a célebre frase de Schopenhauer, sempre citada fora do contexto, que "só a dor é positiva". Isto mesmo, meu caro Schopenhauer, só a dor é positiva! Agarrei-me às rosas e seus espinhos feriram levemente as palmas de minhas mãos. É só porque sofremos que entendemos o valor da felicidade. Uma vida sem dor, sem contratempos, sem derrotas não seria perfeita, não seria a plenitude da felicidade, seria apenas um vazio e um tedioso despropósito. Era porque eu estava profundamente afetado por minha dor e solidão que pude reconhecer a importância fundamental do afeto que Borges me dava, era porque me soterrava a grosseria diária dos portenhos que pude perceber a delicadeza e o carinho da vizinha do andar abaixo. A felicidade não nos torna melhores, é por meio do sofrimento que nos purificamos, afinal de contas não é isto que os orientais chamam de carma, a purificação através da purgação de nossos erros pretéritos, a roda da causa e efeito, da ação e reação, que tudo de mal que fizemos um dia voltará para nos estapear a cara em alguma encarnação futura? Esta é a suposta sabedoria e justiça do universo: olho por olho, dente por dente, sem perdão nem compaixão, sem dar a outra face, sem perdoar nossos inimigos. O que Cristo pregava era belíssimo, de uma santidade inequívoca, porém em desacordo com a ordem das coisas. "O único cristão morreu na cruz", diria Nietzsche, e como todos só trazemos em nós imperceptíveis vestígios de piedade, agimos assim em harmonia com as leis absolutas que regem tudo que há no cosmo, sofrendo todas as consequências disto. Viver é sofrer, e sofrimento é a prova maior de que ainda estamos vivos.

**

Às sete em ponto, e estou certo disto porque ainda permaneci uns cinco minutos no corredor, somente aguardando o ponteiro do relógio alcançar o ponto certo, bati à porta da vizinha do andar abaixo. Vi surgir um sorriso acima de um vestidinho curto que delineava a calcinha. Entreguei o buquê de flores e uma garrafa de vinho.

Obrigada, ela sussurrou, talvez surpreendida por minha pretensa gentileza. Me levou até o sofá da sala. Nas paredes do apartamento fotografias e fotografias.

Vergonha! Ela disse, corando. Sabia que você não perderia tempo para começar a analisar meu trabalho.

São suas estas fotos? E só fotografava casamentos, batizados, este tipo de coisas...

Ah, sim! Isto é o que paga minhas contas, mas nem sempre o trabalho que nos alimenta nos realiza. Viver de fotografia documental é que é o meu sonho.

Isto eu entendo muito bem, respondi com uma sinceridade exagerada. Gastei anos fazendo o que não me agradava, era o que a sociedade esperava de mim. Não mais. Passou passou... Onde você fotografou estas?

Patagônia, mais exatamente na província onde meus pais moram. Foi incrível cruzar aquela imensidão árida, com os Andes distantes e cobertos de neve sob o céu profundo e aberto. Horas e horas na estrada sem encontrar rastro de vida humana. É uma paz inconcebível... Aquela terra, aquele céu sereno me faziam sorrir afortunada.

E não teve medo de viajar sozinha assim?

Ela baixou o olhar e disse. Um antigo namorado estava comigo. Fotógrafo também.

Uma espécie de lua-de-mel? Brinquei.

Longe disso. Foi nesta viagem que percebemos quão diferentes éramos, o quão apartados estávamos. Assim que retornamos, ele pegou as coisas dele e foi embora para morar com outra mulher.

Rápido assim? amante?

Provavelmente... Sabe, nem pensei muito nisso. Eu estava tão anestesiada que nem doeu quanto imaginei que doeria. Ele foi embora, e eu simplesmente toquei minha vida adiante. Se ele havia tido alguma amante ou não, aquilo não era mais problema meu, entende?

Pelo menos você tirou fotos maravilhosas... Os relacionamentos acabam, sobrevive a Arte.

Arte? Que Arte? São meros registros de montanhas e de provincianos, nada demais...

Admiro a sua falta de pretensão, mas a beleza também está no que há de simples. Um sensível enquadramento de uma singela montanha nevada pode sensibilizar uma alma, impressionar o espírito e até imobilizar o observador. A beleza cala, ensina Lacan. Tem mais fotos que eu possa ver?

Ela deu um sorrisinho. Sim! Só um pouco, já volto... Desapareceu rumo ao quarto.

Fui até a cozinha e encontrei um saca-rolhas. Abri o vinho e nos servi, enquanto aguardava o retorno da vizinha, que ressurgiu trazendo um grosso álbum de capa preta.

Acho que você deveria pôr um colchão para mim aqui na sua sala, vou passar o resto da semana para ver tudo isto. Ela riu.

Foi você quem sugeriu, agora aguenta!

Gastamos um par de horas conferindo todo o álbum de fotos, muita Patagônia, muito Buenos Aires, algum Uruguai e Chile.

E aí? Qual é o seu veredito? Ela me fulminou, enfim.

Quer que seja sincero? Olha que já perdi muitas amizades por causa disto...

Por favor! Não sou o tipo de mulher que se sustenta em ilusões.

Nossos olhares se encontraram e o tempo congelou. Seria fácil munir-me de uma porção de metáforas batidas, de lugares-comuns, do óbvio e evidente. Eu já estava apaixonado por ela, e talvez ela também por mim, mas o olho no olho sempre revela as verdades mais fundas.

Linda... Eu disse, sem refletir muito.

As fotos? Perguntou.

Também... Respondi, quase gaguejando, e assim a magia se dissipou, aquele instante miraculoso se nos escapou, ela levantou desorientada, afastando-se de mim como bicho arisco.

Pensei que fosse ser sincero comigo. Acrescentou.

Voltei a olhar as fotos, enfurecido por ter perdido uma oportunidade como aquela. Bastava que eu me aproximasse um palmo e a beijasse, tudo estaria encaminhado. Mas esta chance havia passado, talvez arruinada para sempre. Quando amamos alguém, desejamos que tudo transcorra como num filme piegas, com aqueles momentos belíssimos, uma paisagem maravilhosa no fundo, uma iluminação de pôr do sol e a trilha do Rachmaninov dedilhado baixinho. Sorrisos e mãos dadas, sem sofrimento nem desapontamentos. Num *fade-in* e *fade-out*, pulamos para outra cena, igualmente charmosa, sempre com as palavras certas sendo pronunciadas no tom certo e na hora certa, sem constrangimento nem passos em falso. Mas a vida real não é um filme, não tem roteiro nem é perfeita, não é um de contos de fadas que depois relataremos cheios de orgulho aos nossos filhos. A vida real é truncada e sem graça, com várias oportunidades desperdiçadas, com atos-falhos, com ofensas e agressões nas horas erradas, com desencontros, decepção e sofrimento. Se eu tivesse beijado a vizinha naquele instante, seria a história perfeita, mas o instante havia se esvaído e agora a distância entre nós havia sido reinstaurada, precisaríamos reconquistar, um passo após outro, a nossa proximidade tão cautelosamente construída. Ela também havia sido magoada por um amor malsucedido, ainda que eu não soubesse há quanto tempo isto havia ocorrido; talvez fosse um evento recente e ela ainda se protegia de uma nova frustração.

Estou sendo sincero... Suas fotos são lindas. O seu olhar é sagaz e extraordinário, os enquadramentos improváveis que encontra, o seu timing para a hora certa do click é notável.

Ela sorriu, com a taça de vinho na mão. Atrás dela, o relógio: nove e meia da noite.

Acho que é hora de ir. Está tarde. Ela me levou até a porta e nos despedimos, sem promessa de nos vermos novamente. Temi que o nosso vínculo tivesse se esfacelado além de qualquer recuperação. Tudo havia terminado sem nem ao menos ter começado.

**

Não encontrei a vizinha nos dias seguintes, considerei que talvez ela estivesse me evitando. Teria eu feito ou dito algo de errado? Às vezes, magoamos as outras pessoas sem nem saber como nem o porquê. O que é obscuro para nós pode ser muito óbvio para os outros. Havia também a temível barreira cultural, quando cometemos gafes e acabamos sendo rudes sem nem imaginarmos a razão. Certa tarde, ao retornar da caminhada com Borges, o porteiro me chamou.

Tenho um recado para o senhor. Meu coração disparou. Claro, era a vizinha do andar abaixo pedindo para que eu passasse no apartamento dela, fácil imaginar. Sorri.

Temos uns moradores novos no prédio, também brasileiros e, conversando com eles, mencionei o seu nome. Eles ficaram curiosos para conhecê-lo, pediram que você fosse visitá-los qualquer hora destas.

Ah é? Perguntei, sem interesse. Pode deixar, um dia qualquer falo com eles.

Se quiser ir agora, eles estão em casa. O porteiro acrescentou. Quer que eu avise que o senhor está subindo?

Pode ser... Respondi, enredando-me nesta armadilha de forma incauta. Não queria soar grosseiro, mas não estava com disposição para conversar com ninguém, queria apenas ir para meu quarto e, quem sabe, finalmente escrever a linha a partir da qual teceria meu romance. Aliás, eu nunca havia dado muita trela para o porteiro, um típico portenho mal-humorado que só me dirigia a palavra quando inevitável. Nem imaginava que ele soubesse que eu era brasileiro, mas meu sotaque deveria ter me denunciado. Podemos morar a vida inteira num país estrangeiro, falar outro idioma perfeitamente, mas o sotaque é como uma segunda pele da qual raramente nos despimos. Em terras estrangeiras, nunca deixamos de ser completamente estranhos, inclusive é aí que verdadeiramente descobrimos de onde viemos.

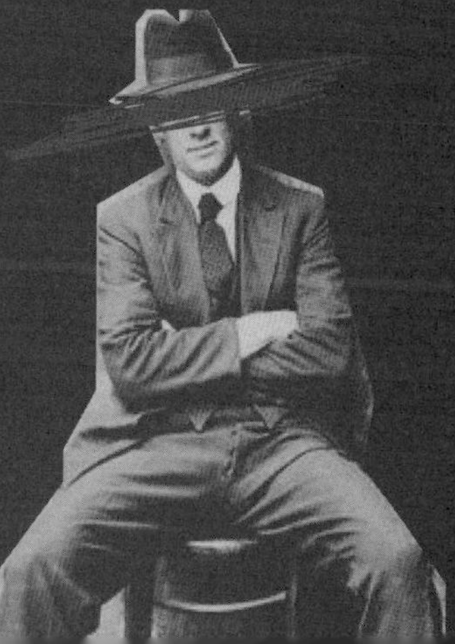

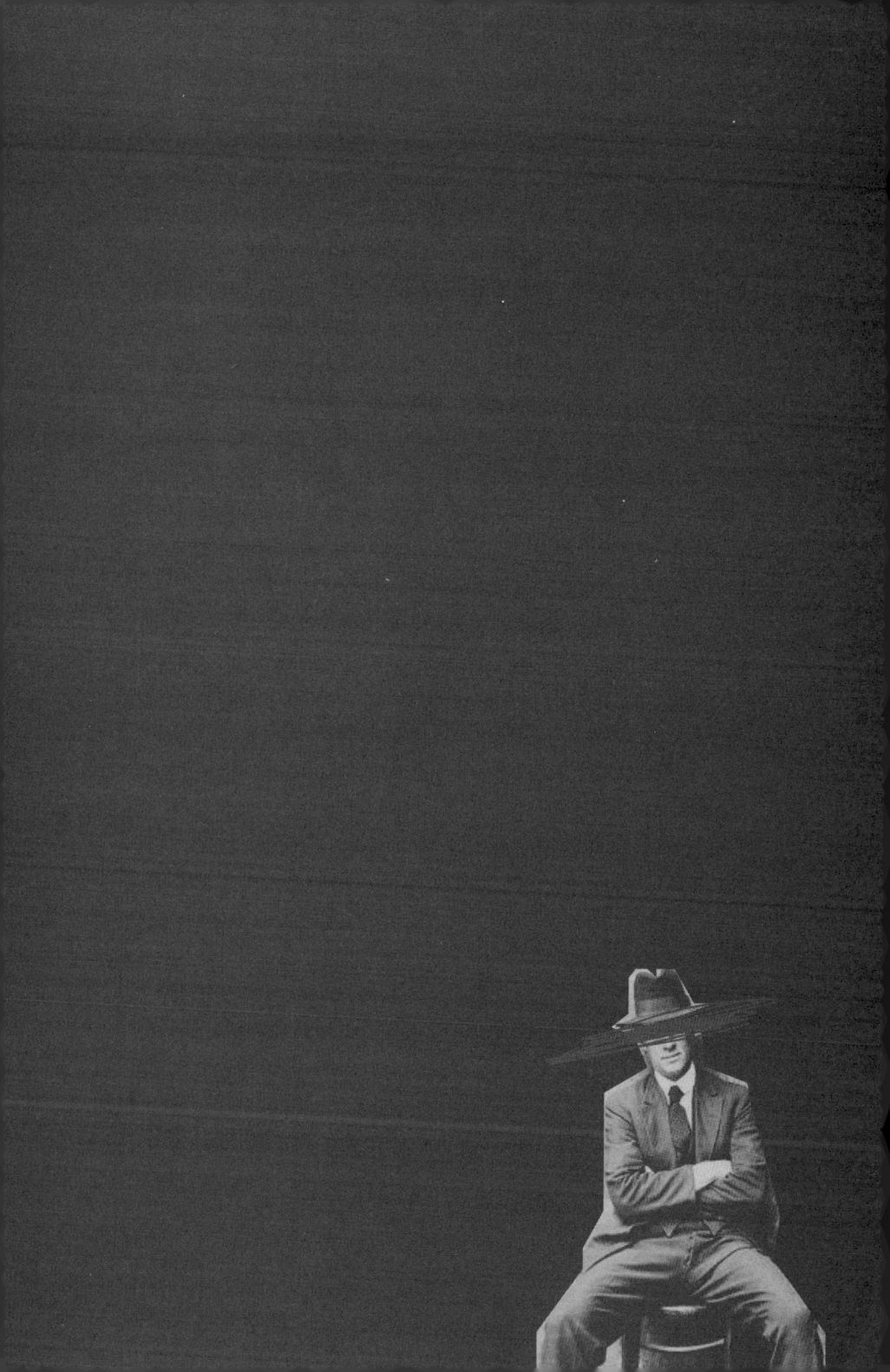

Eu e Borges entramos no elevador. Levei o cachorro justamente no intuito de encurtar a visita, pensei, com o cão eles nem me convidam para entrar. Paramos diante da porta dos brasileiros. Eu poderia simplesmente virar-me e ir embora. No entanto, logo pensei que o porteiro confirmaria com eles se, por acaso, eu havia ido lá. Eles diriam que não, então, todas as vezes que eu passasse pela portaria, eu ficaria com o cu na mão, com medo que o porteiro me chamasse novamente, ou melhor, que ele me intimasse a socializar com os outros brasileiros do prédio. Se fosse para ocorrer cedo ou tarde, que fosse logo então, assim me livrava já deste martírio. Toquei a campainha e, quase que imediatamente, abriu a porta uma senhora num moletom azul, como aquelas setentonas que vão ao parque para caminhar com as amigas, fingindo que está tudo bem, como se a osteoporose, a artrite ou a esclerose não as incomodasse de maneira alguma e a morte fosse apenas um temor imaginário.

Você deve ser o escritor brasileiro. Ela disse, num sorriso cheio de dentes postiços. Entre, por favor.

Estou com meu cachorro... E apontei o Borges.

Sem problemas, meu rapaz! Amo todas as criaturas. Ela se inclinou para fazer um afago em Borges, mas, estranhamente, ele recuou, mostrando os dentes e rosnando.

Morde?

Até agora não mordeu ninguém, mas vai saber? Ele é um cão, não é dissimulado como a maioria dos humanos, se ele não gostar de você, por certo você perceberá.

Ela abriu espaço para que eu e Borges entrássemos.

Mi cariño, o mocinho brasileiro veio nos ver. Ela gritou, e logo apareceu o *mi cariño*, um senhor que aparentemente não devia ser brasileiro nem de cara nem de nome. Ela estendeu a mão, apresentando-se. Em seguida, rapidamente o aperto de mãos de *mi cariño*.

O porteiro nos falou de você. *Mi cariño* disse. Contou-nos que você é um escritor importante no Brasil e no exterior.

Mentiroso! Pensei constrangido. Eu jamais havia sequer conversado com ele, isto devia ser obra da proprietária do apartamento, que talvez houvesse dado com a língua nos dentes. Quem sabe fosse até uma fofoquinha da vizinha abaixo, que mencionou alguma coisa sobre mim com o porteiro que, por sua vez, em seus delírios ociosos, elaborou uma vida imaginária sobre mim. Possivelmente, esta deveria ser a grande diversão daquele porteiro, imaginar como eram as vidas dos moradores do prédio, o que faziam, com quem andavam, como se assim ele pudesse viver de maneira mais intensa sua própria existência medíocre e desinteressante. Sério? O que mais o porteiro lhes disse?

Nada mais, só isso. A mulher respondeu, desarmada pelo meu questionamento.

Mi cariño foi ágil para dissipar o constrangimento. Por favor, sente-se aqui. Ele me puxou pelo braço até o sofá. Ainda estamos desfazendo a mudança, chegamos aqui tem menos de uma semana.

E o que estão achando da cidade? Perguntei apenas por perguntar, porque pouco me interessava como eles estavam ou como Buenos Aires os estava tratando.

Sempre sonhei em morar aqui. Foi a mulher quem respondeu. É uma cidade tão charmosa.

Alguns sonhos viram pesadelos... Também já pensei como você. Hoje, sinto-me como se houvesse sido arremessado no inferno, sem chance de redenção.

Os dois riram, enquanto eu os fitava com seriedade.

Quer água? Ela me perguntou.

Obrigado, mas não. Resmunguei. Por acaso, vocês estão sentindo um cheiro estranho?

Deve ser o gás do apartamento. Disse *mi cariño*. Estávamos com um vazamento esta semana, pelo visto não foi totalmente consertado.

Espero que não morramos todos aqui. Era tudo que eu não precisava hoje.

Eles riram.

Falando nisto: você ficou sabendo da morte daquela mocinha? Como é o nome dela?

Então *mi cariño* interveio, dizendo o nome da mocinha.

Uma cantora talentosíssima, britânica. Overdose. Que tristeza!

Não sabia... Ando por fora de tudo que acontece no mundo. Eu disse.

Uma pena. Ela acrescentou. Os bons morrem jovens, não é o que dizem?

Todos morrem, os bons, os maus, os jovens, os velhos e as crianças. Não acho que a morte tenha algum tipo de predileção por jovens bons. A diferença é que quando os jovens maus morrem, todos dão graças a Deus, pois eles não tiveram tempo para fazer muito estrago por aí.

Tem toda a razão. *Mi cariño* comentou. O que importa é sermos felizes e amar.

Isto mesmo, pensei, está aí um ótimo slogan para comerciais de margarina: "*o que importa é sermos felizes e amar*", mesmo que, na prática, todos sejam profundamente infelizes e se odeiem mutuamente.

O que você escreve? A senhora me perguntou.

Ficção... Romances e contos, por aí. Lancei a minha resposta habitual.

Que lindo. A escrita é um sacerdócio. É necessário desapegar-se de tantas coisas. Eu também escrevo.

Ah é? Que ótimo...

Poesias. Tive um poema publicado num livro nos Estados Unidos, caiu até no vestibular.

Não entendo nada de poesia. Eu disse. Não consigo distinguir entre um verso de Fernando Pessoa e uma frase que venha num biscoitinho da sorte. Menti, porque não queria que ela resolvesse se levantar e apanhar seus poemas para eu dar uma lida. Eu odiava ler trabalhos alheios, geralmente péssimos e mal escritos, e ter de fingir que havia gostado. Preferia simplesmente não os ler.

Ah, a poesia é um hábito que se deve cultivar como uma flor necessita de água e sol. Quanto mais alimentamos o espírito, mais sensíveis nos tornamos à poeticidade do universo.

Meu espírito está endurecido. Só vejo brutalidade e feiura ao meu redor. É sobre isto que escrevo.

Mas um escritor tem de estar aberto à beleza do mundo! Nem todos os escritores são iguais... Há quanto tempo você está aqui na Argentina? *Mi cariño* me libertou daquela conversa inútil.

Quase seis meses. O suficiente, eu diria.

Veio para ficar?

Não, assim que eu concluir meu romance, vou embora daqui.

E falta muito? Ela perguntou.

Digamos que falta um pouquinho sim.

De onde você é?

De Curitiba, mas já estou morando no exterior há alguns anos.

Assim como nós. A senhora disse. O meu marido é pesquisador, sabe? Trabalhou numa universidade americana e numa outra na Espanha.

Eu também estava lecionando nos Estados Unidos, mas esta etapa da minha vida está encerrada. Hoje, gosto de pensar que sou livre.

Isto mesmo! Ela reforçou. Nós três temos muito em comum. Também adoramos viajar, a sensação de liberdade que temos ao cortarmos nossas raízes. Não acumulamos nada, não temos apartamento nem carro, queremos apenas desfrutar plenamente de tudo que a vida nos oferece.

Quando eu era criança, no Peru, meu maior sonho era o de poder conhecer o mundo. Disse *mi cariño*. Então, quando completei quinze anos, pus uma mochila nas costas e viajei por todo meu país, de Lima aos Andes até a Amazônia peruana. Depois disto, não parei mais. O mundo está aí para ser descoberto.

Mas o que é mais vasto e difícil de ser desvendado, o mundo aí fora ou o nosso mundo interior? Perguntei. Há tantas pessoas que viajam para vários lugares, mas que nunca saem de si mesmas. É preciso estar com a alma escancarada para realmente embeber-se nos aromas estranhos e desconhecidos de um país estrangeiro. Quase ninguém está disposto a se entregar. E, ao dizer isto, voltei os olhos para mim mesmo: será que eu havia me entregado a Buenos Aires, ou desembarquei nesta cidade encouraçado em meus medos e preconceitos? Enfim, perguntei a *mi cariño*. Você é peruano? De Lima?

Mas quem respondeu foi a esposa. Sim, mas ele já mora no Brasil há mais de vinte anos. Nós nos conhecemos quando eu ainda era casada com meu primeiro marido. Depois que ele morreu, nós nos aproximamos. Como os filhos já estavam grandes e cuidando das próprias vidas, foi fácil para nós embarcarmos nesta jornada juntos. Foi quando começamos realmente a viajar e não paramos mais.

O papo está bom, mas preciso subir. Trabalhar um pouco. Eu disse.

Trocamos os números de telefone e nos despedimos. Eles não eram uma companhia desagradável, mas também não era exatamente o tipo de pessoas que eu escolheria para meu

111

convívio. Assim como no amor, não existe uma fórmula para a amizade. Às vezes, os amigos podem ser sujeitos totalmente distintos, de origens e gostos opostos, mas há um elo além das palavras que os une. Os meus melhores amigos podiam estar milhares de quilômetros distantes de mim, porém bastava reencontrá-los para que toda a intimidade e companheirismo ressurgissem, numa cumplicidade que atravessa tempo e espaço. Amizade não tem cor, raça ou nacionalidade. Não era porque havia outros brasileiros no prédio que automaticamente eles se tornariam meus melhores amigos. Uma coisa não tem relação alguma com a outra, senão eu seria obrigado a tornar-me amigo de todos os outros milhões de brasileiros ao redor do mundo. O fato era que havia pessoas insuportáveis e com as quais eu não me identificava tanto em meu país quanto no exterior. No entanto, o porteiro do meu prédio, assim como meu colega americano na universidade, pensava na nacionalidade como um vínculo profundo entre os expatriados, quando, na minha concepção, isto não queria dizer nada. Nunca engoli bem esta noção abstrata de pátria. O que torna um país num país? Certamente não é o idioma, pois há uma porção de nações com dois ou três idiomas oficiais, sem contar os dialetos que por si só já poderiam ser considerados outras línguas. Também não poderiam ser as fronteiras geográficas, sempre cambiantes, ora em expansão, ora em retração, vez que os países guerreiam uns contra os outros, invadindo e dominando territórios inimigos, ou dividem-se em guerras intestinas, fragmentando-

-se em nações menores e independentes. Tampouco seriam as etnias, tão vagas e miscigenadas em nossos tempos. Nem sequer a cultura, pois qualquer grande nação é tão variada e complexa em suas expressões artísticas e culturais que não há nenhuma unidade possível. Para mim, não faz sentido algum dividirmos o globo em países, províncias, estados ou reinos. Somos todos humanos, todos descendentes de uma raça pré-histórica de primatas que dominou o fogo, que criou ferramentas, que desenvolveu a agricultura, que articulou uma linguagem rica e elaborada e se estabeleceu em intrincadas sociedades. Todos nós, de mongóis a americanos, de chineses a angolanos, de australianos a cossacos, mesmo que não falemos a mesma língua, somos movidos pelos mesmos instintos humanos, pelas mesmas necessidades essenciais, atormentados por conflitos internos e externos muito semelhantes. Não deveria haver passaportes nem vistos, nem fronteiras ou exércitos, nem guerras religiosas ou políticas, pois somos todos iguais, todos absurdamente iguais a despeito de nossas insignificantes variações. Mais do que desvendar o exótico e extravagante, para mim viajar era constatar as similitudes, o extrato básico do que nos torna e nos configura como pessoas. Se divergimos, é porque se nos interpõem tantas abstrações sem propósito, às quais defendemos com unhas e dentes sem nenhum tipo de reflexão, aliás, esta mesma reflexão racional que desde a Antiguidade é tida como uma das grandes particularidades da nossa espécie. Reflitam! Reflitam sobre tudo e sobre o nada, sobre a vida e sobre a morte, sobre mim e sobre vocês. Reflitam! Esta era a mensagem que sempre tentei inculcar em meus alunos, mas falhei miseravelmente. Ninguém reflete sobre nada; todos vivem numa ingenuidade animalesca, tão próximos e semelhantes a Borges, este cachorro companheiro e imbecil que agora me observa. A ignorância, não saber e não querer saber, é a maior das alegrias. Foi o que concluí logo em seguida, pois o inseto não tem consciência de ser inseto e, justamente por isto, não pode aspirar a ser uma águia, assim como o homem baixo não assimila sua baixeza e, assim, não tem como almejar as alturas. Naquele instante, invejei verdadeiramente todos os bilhões de pessoas que vivem e trabalham e amam e sofrem e morrem sem se questionarem sobre o propósito de suas existências. Questionar é dor sem solução, porque para as grandes dúvidas não há respostas, e esta ausência é a causa das angústias mais fundas e duradouras, que consomem um homem durante sua vida. Acolher certezas e deuses, por mais falsos que sejam, é a estratégia mais simples e ingênua para se livrar dos medos e das dúvidas, mesmo assim eficaz para a maioria as pessoas. Por que não me tornar, então, como elas? Impossível! Pois uma vez que se tenha mergulhado na imensidão do nada, que devora e destrói todas as verdades e ídolos, não há mais volta. Do nada, nada provém.

**

Estava saindo para almoçar, quando o elevador parou no primeiro andar e os meus dois novos amigos entraram.

Que surpresa! A senhora disse. A vida é cheia de coincidências mesmo. Estávamos falando de você.

Coisas boas, espero.

É evidente. Fará algo importante agora?

Se comer for importante, sim.

Perfeito! A senhora me segurou pelo braço. Então, você será o nosso convidado para o almoço.

Conhecemos um excelente restaurantezinho peruano perto do Shopping Abasto. Acrescentou *mi cariño*. Gosta de comida peruana?

Conheço pouco, confesso. Desculpe-me, mas não quero atrapalhar seus planos. Que tal outro dia?

Não senhor! Você virá conosco. Eu insisto. Puxou-me pelo braço a senhora, como se eu fosse um menino desobediente. Você não nos fará esta desfeita, não é? E tanto ela quanto *mi cariño* fitaram-me com caras de cães sem dono, mais ou menos como Borges naquela tarde em que o recolhi da rua.

Tudo bem... Concedi. Mas não posso demorar muito. Tenho bastante trabalho para hoje.

Sem problema. *Mi cariño* deu três tapas no meu ombro. Será um almoço rápido, um breve encontro de amigos.

No curto caminho até o restaurante, a senhora não parou de falar um segundo sequer e como eu não estava com ânimo para jogar conversar fora, ia respondendo com monossílabos. Por que desperdiçamos a nossa vida tentando impressionar e agradar os demais? A minha mente não estava na companhia daqueles dois; estava longe, muito longe. Eu acreditava que, uma vez cortado os laços com minha família, amigos e trabalho, eu estaria livre de fato, além de quaisquer amarras e obrigações, fora das convenções vazias. Todavia, a liberdade não é exterior, deve brotar do íntimo, surgindo de dentro para fora. De que adiantava eu me liberar das amarras exteriores, daquelas cadeias óbvias, se não era capaz de arrancar as correntes internas? Se eu fosse honesto comigo mesmo, livre como eu gostaria de ser, provavelmente naquele momento, caminhando pela Guardia Vieja em direção ao restaurante peruano, eu simplesmente pararia, encararia aqueles dois brasileiros e, com todas as minhas forças e com toda a minha ira, eu gritaria nas fuças deles. Deixem-me em paz! Não quero ser amigo de vocês! Não me interessa o que vocês têm para me contar! E berraria tão alto que me escutariam de Belgrano até Barracas, de Puerto Madero até Mataderos, e todo o mundo naquela cidade de merda, fossem portenhos ou *cabecitas negras*, fossem chineses, peruanos, judeus, bolivianos ou brasileiros, todos saberiam que eu não estava para brincadeiras, que não queria papo-furado com ninguém, que, daquele ponto em diante, eu não pretendia fazer amigos, que devia apenas completar o meu trabalho e fugir daquele lugar detestável. Ao princípio, eu até estava disposto a socializar e tentar fazer alguns amigos, mas depois da tamanha grosseria daquele povo, a companhia de Borges deveria me bastar. Começava também a desconfiar que estava na hora de desistir da vizinha do andar abaixo, já que depois daquele nosso último encontro pressenti que havíamos nos distanciado para além da reaproximação possível. Talvez ela estivesse me evitando, já que não bateu mais à minha porta, ou quem sabe ela somente aguardasse a minha iniciativa, pois o papel natural do macho é este, de seguir e lutar pela fêmea. Provavelmente era apenas um desentendimento tolo, cada um aguardando do outro o movimento crítico para estreitarmos os laços, mas cada um envergonhado ou intimidado com a possibilidade de vincular-se à pessoa errada. A vizinha do andar abaixo devia ter os mesmos receios que eu, de machucar-se uma vez mais, de sofrer a punhalada doída da decepção.

Já no restaurante, a garçonete gorducha e baixota nos encaminhou até nossa mesa. Para mim, aquele lugar era um teletransporte mágico para o Peru onde jamais estive; toda a decoração, a cara das pessoas e o músico tocando violão e flauta de Pã imediatamente nos remetiam aos incas, a lhamas, à selva e aos Andes peruanos. Causou-me a exata impressão que eu tinha ao caminhar pelos becos, restaurantes e feiras de *Chinatown* em Nova York, quando éramos transportados para um país exótico e longínquo, mesmo estando a um par de quadras da estação do metrô 6, aquela artéria da cidade que nos conduzia, estação a estação, a uma viagem por meio globo, passando pelos holandeses de Nova

Amsterdã de *Downtown*, pelos chineses de *Chinatown* e pela comunidade italiana de *Little Italy*, pela Pequena Ucrânia, pela Pequena Coreia, chegando enfim à *El Barrio*, onde se escondiam os latino-americanos, para depois desaparecer no Bronx, o santuário violento e impenetrável dos afro-americanos, com uma cultura particular que quase nada tem de africana, tampouco de americana, um mundo à parte tão característico daquela América fragmentada e alienada de si mesma. Neste sentido, assim como Nova York, Buenos Aires também era um microcosmo. Uma volta por Almagro ou pelo Once era, ao mesmo tempo, um passeio por um gueto de judeus ortodoxos, enquanto os coloridos cortiços de zinco do Boca uma rememoração dos napolitanos plenos de pesares e sonhos que haviam aportado em levas e mais levas imigratórias. E a Recoleta? Um turvo reflexo arquitetônico da Paris da *Belle Époque*, com seus cafés lotados, bulevares arborizados e requintadas joalherias. Enfim, Boedo era o reduto dos peruanos e bolivianos que a burguesia portenha tanto odiava e temia, para ela, sinônimos de trapaceiros e bandidos, a escória de Buenos Aires. O músico do restaurante cantava *El Humahuaqueño*, uma canção animada e dançante que eu tanto havia escutado tocada pelo grupo que se apresentava aos domingos no Largo da Ordem, em Curitiba. Foi nesta hora que a brasileira me perguntou.

Você é religioso?

Esta é sempre uma pergunta capciosa. Se você responde que não, que não crê em nada e que todas as religiões são enganadoras, cabrestos para que ignorantes e obedientes se tornem ainda mais ignorantes e mais obedientes, então o interlocutor arregala aqueles olhões de espanto e, no ato, como que insuflado pelo Espírito Santo, decide que deve convertê--lo a todo o custo à verdadeira fé. Mas é sem saída, porque se, por outro lado, você responde que sim, que acredita em Deus, em Cristo, nos Santos e em milagres, então existem duas outras alternativas: você é obrigado a ouvir incríveis e infindos relatos sobre o poder da fé, ou, se a pessoa for de uma outra religião ou adepta de outros dogmas, o círculo asfixiante da conversão e das teologias sem fundamentos é o mesmo. Para mim, a resposta mais simples e descomprometida era:

Meus pais são católicos.

Nós não seguimos nenhuma religião institucionalizada. Disse *mi cariño*. Mas sabemos que há um grande mistério no Universo.

Certa vez, viajando pelo Vale Sagrado, nós vimos algumas luzes muito estranhas. Tiramos até fotos delas. Disse a brasileira.

Ah é? Perguntei, segurando o riso. E o que vocês acham que eram?

Anjos... Disse ela.

Ou extraterrestres. Disse *mi cariño*.

**

Merda, eu também já havia acreditado naquele tipo de bobagens. Com a primeira namorada praticava ioga e *tai-chi*, numa expedição mental por este oriente tão alheio ao nosso modo de ser ocidental. Tentávamos obter a iluminação, ativar os chacras e despertar o *kundalini*, atingir o nirvana. Acreditávamos em anjos, elementais, astrologia, runas, tarô e *I-Ching*. O mundo era um grande livro que dava acesso aos segredos mais profundos do Universo: a escrita de Deus. Fizemos incontáveis exercícios de respiração e meditação, e tentamos viajar pelo plano astral. Entoávamos mantras e arriscávamos o tantra. Li a *Bíblia* de cabo a rabo, o *Tao-Te-King*, *O Livro das Mutações*, e também trechos do *Corão* e do *Baghavad-Gita*. Li Helena Blavatsky, Rudolf Steiner, Aleister Crowley, Paramhansa Yogananda e me afiliei à Rosacruz. Eu queria entender tantas coisas, mais do que isto até, necessitava das respostas mais fundamentais da existência. Por que estamos aqui? Qual é o nosso propósito na Terra? Deus existe? Há vida após a morte? Há destino? Preocupações obviamente juvenis, daquela fase na qual não nos encaixamos e somos assolados pelos medos e mordidos pelos anseios. Mas ninguém sabe nada, ninguém tem certeza de nada. Para cada Deus verdadeiro, existem outros trezentos deuses verdadeiros de outras religiões; para cada caminho para a iluminação, existem outros milhares de rotas conflitantes; para cada teoria, existe uma refutação, um argumento contrário; para cada verdade, existe seu falseamento. Talvez a frase mais extraordinária um dia proferida por alguém tenha sido a de Sócrates, em resposta à pitonisa, que "*ele nada sabia senão que nada sabia*". E todos nós, tão distantes do brilhantismo desde sábio grego, desfilamos por aí ostentando certezas e convicções, criticando e condenando todos aqueles que pensam diferentemente de nós, debatendo trivialidades como se a nossa opinião sobre elas tivesse alguma influência sobre a ordem do mundo, inclusive, até matando os outros por causa destas divergências, por perseguições políticas e religiosas. Nossas certezas e o nosso conhecimento não nos tornam melhores e mais esclarecidos, pelo contrário, limitam-nos e nos impedem de assimilarmos a diversidade. Para cada nova coisa que aprendemos, fechamos nossos olhos para tudo que não se encaixa naquele paradigma. À época, eu não conseguia compreender como um cético, que não crê passivamente em nada, nem em deuses nem em teorias, poderia ter uma vida plena. Como despertar pela manhã sem a confiança que sua existência tem algum propósito, que o seu labor será justificado um dia, que suas boas ações serão recompensadas seja por Deus seja pela roda de causa e efeito, que sua caridade lhe garantirá uma vaga no Céu? Como viver sem a convicção que existe uma alma, esta fagulha da essência divina, ou que todos os atos gloriosos e crimes da História tiveram alguma razão de ser, que não nascemos e morremos simplesmente, sem desígnio nem destino, sem sentido algum? Isto, em meus anos de juventude, seria a maior angústia de todas, *não saber*. Contudo, hoje, penso que esta é a vida mais própria de todas, o verdadeiro viver, para além das respostas místicas e metafísicas, para além de expectativas que não correspondem ao real, para além de certezas frágeis como castelinhos de cartas ou de areia. Como qualquer outro animal ou planta, somos lançados por acaso nesta vida sem propósito, com a morte pendendo sobre nossas cabeças a todo o segundo, e cumprimos apenas o papel que nos cabe num drama cósmico no qual não existe um dramaturgo nem uma apoteose. Nascemos, vivemos e morremos. Simples assim. E só importa o modo como desfrutamos deste viver puro, como amamos e sofremos, se fomos felizes ou não, apesar da miséria de nossa espécie, pois sim, é possível ser feliz sem nenhuma certeza. Talvez seja esta a única felicidade autêntica: a constatação que não existem respostas, ou, se existem, que jamais teremos acesso a elas. Não saber, e não querer saber é livrar-se de todas aquelas dúvidas insolúveis. Por que há sofrimento no mundo? Por que há tanta maldade? Por que devemos trabalhar, ganhar dinheiro, comprar uma casa, um carro, ter filhos e morrer? Por que isto? Por que aquilo? *Questionar* pertence ao ente que somos, diria Heidegger. Talvez ele tivesse razão... Mas que me importam as questões ou respostas? Quero apenas ser feliz e viver sem arrependimentos.

**

Desde o quintal do prédio, avistei quando a vizinha do andar abaixo apareceu com um livro em mãos. Ela sorriu para mim, mesmo assim, parecia haver um constrangimento naquele encontro.

Faz tempo que não nos vemos. Ela disse.
É mesmo. Eu tenho estado por aqui, como você deve ter imaginado.
Eu também. Podia ter passado lá em casa para conversarmos.
Você também. Eu disse, um tanto amargo.
Então ela se acomodou numa cadeira ao meu lado e ficamos quietos. Silêncio. Absoluto silêncio. Na música, as pausas, o silêncio, são tão importantes quanto as notas. O silêncio é a respiração, são os repousos, os momentos de trégua e paz. Talvez nenhum compositor se vale melhor dos silêncios das pausas que Anton Weber, mas em 1952, o compositor experimental John Cage radicalizou, concebeu uma peça musical na qual só se ouve o silêncio. Entra no palco paramentado o músico ou os músicos, os instrumentos estão à mão, se concentram e se comportam como se estivessem executando uma peça, mas mantêm-se imóveis. Essa peça já foi executada, inclusive, por uma importante orquestra inteira. E está divida em partes, há um momento em que o músico age, ao virar a página da partitura. Quatro minutos e trinta e três segundos de puro e total silêncio nos instrumentos. A ideia de Cage é que a ausência de notas musicais valoriza os demais sons e ruídos, inclusive os da própria plateia tossindo ou se ajustando à poltrona, dos músicos se movendo, ou da respiração das pessoas, tudo é música, música concreta. A música na verdade é mesmo anterior ao homem, pense na natureza, nos sons das cachoeiras, da chuva, do vento, do canto dos pássaros e som da dança dos planetas.

Há um quê zen budista nesta concepção, reflexivo e meditativo. No entanto, para a maioria das pessoas, a obra de Cage não traz paz nem reflexão, mas sim mal-estar e desconforto. Quatro minutos e trinta e três segundos de silêncio são quatro minutos e trinta e três segundos de nós conosco mesmos, e quase ninguém se sente bem em sua própria companhia; nos são caras as distrações que o mundo oferece via TV, rádio, internet, cinema, revistas e jornais ou da fofoca entre vizinhas na janela, antes e acima de tudo para nos distrairmos de nossos próprios pensamentos, para repelirmos nossos medos e traumas. Não sei quanto tempo eu e a vizinha do andar abaixo ficamos quietos, um do lado do outro, um escutando a respiração do outro, talvez tenha sido mais tempo do que o da obra de John Cage, talvez menos, mas estávamos igualmente incomodados, como se estivéssemos num teatro lotado, entre outras centenas de pessoas, apreciando uma orquestra completa, com um maestro diante dela com batuta na mão, mas nenhuma música, apenas quatro minutos e trinta e três segundos de embaraçoso silêncio. Eu temia que este reencontro não fosse fácil, só não podia determinar a razão deste afastamento.

Queria me desculpar se eu a ofendi... Eu disse, tentando derrubar o muro duro que nos apartava.

Desculpar-se? Por quê? Você não fez nada de errado.

Mas não é o que parece. Algo ocorreu naquela noite em seu apartamento, e eu não sei o que é.

Não aconteceu nada. Está tudo bem. Ela disse, forçando um sorriso, mas nos olhos, naqueles olhos que haviam me in-

suflado de tanto ânimo quando nos conhecemos, havia uma tristeza que eu não havia percebido anteriormente.
Então por que você está triste?
Ela cobriu o rosto com as mãos, chorando. Não sei...
Eu a abracei, um tanto desengonçado, sem querer dar a impressão que me aproveitava da situação. Nunca soube como reagir diante de alguém chorando. Simplesmente a abracei e resmunguei. Vai passar. Vai passar. Exatamente como se faz com uma criança que acabou de ralar os joelhos ao cair da bicicleta. Permanecemos abraçados, ela chorando, eu acariciando lentamente os cabelos dela, por muito tempo, por bem mais do que quatro minutos e trinta e três segundos. Enfim ela falou. Vamos subir?
Já no apartamento dela, fui direto ao mesmo lugar que ocupei no sofá algumas noites antes.
Não sei o que deu em mim.
Pode falar comigo. Sou bom em ouvir as pessoas, disse com honestidade. Estive dividido entre a Filosofia e Psicologia. Eram os cursos que mais me interessavam. Na hora de preencher a ficha de inscrição da universidade, foi meio por acidente que marquei Filosofia. Mesmo assim, nunca deixei de flertar com Freud, Jung, Adler e Lacan, vez ou outra fugindo dos meus prezados filósofos para recair em algum tratado de psicanálise, talvez premido por uma necessidade de interpretar meus próprios conflitos. São disciplinas irmãs: uma investiga a Humanidade mais abstrata e metafísica, a outra o homem mais concreto e real. Acredito que eu

até desse um psicanalista aplicado, sentadinho em minha cadeira, mãos entrelaçadas, óculos redondos pendendo na ponta do nariz e a caneta nervosa rabiscando um bloco de notas a cada sentença crucial que brotasse da boca do analisando. O analista é uma variante moderna do padre confessor, que ouvia os mais variados pecados, dos mais veniais aos mais mortais. E, quem sabe, se houvesse seguido esta carreira também teria um rol mais interessante de histórias a contar: as neuroses e os traumas alheios são sempre mais garridos e mais interessantes, vistos de cima com um suposto distanciamento, sendo enquadrados em psicopatologias, ou em tal e qual padrão de comportamento. Compartilhamos a mesma natureza e misérias humanas, mas, a um tempo, somos todos diferentes em tudo. É paradoxal, a história de um não deixa de ser a história de todos, mas apenas na medida de que a história de todos é também a de nenhum. Iguais, diferentes, complementares, opostos, ativos, passivos, positivos e negativos. A falsa dualidade taoísta do mundo. É ilusão de que tudo possa ser classificado e categorizado, que tudo tenha uma resposta ou uma solução, que um caso prévio possa servir de diretriz para casos futuros. Eu me pus na posição de um doutor que se prontificou a escutar, mas tudo que mais desejava era agarrá-la e secar suas lágrimas com meus beijos.

 Não quero importuná-lo com meus problemas.

 Estou aqui e adoro ouvi-la.

 Sem mais oferecer resistência ela se sentou ao meu lado no sofá. Sabe... Cresci numa cidadezinha desinteressante.

Era pequena demais para o tamanho de meus sonhos. Queria viajar, precisava conhecer o mundo. Viver numa cidade grande, com coisas mais interessantes para se ver e fazer, e talvez encontrar um rapaz legal... Ela limpou as lágrimas num lenço. Ser feliz. É pedir muito?

Sim, é muito. Pensei, mas este não é o tipo de respostas que se dê a uma mulher chorando. Ninguém quer que você diga que não se deve pedir nada à vida, pois ela nada entrega. Tudo está posto, basta esticarmos o braço e pegar, mas trata-se de um ato de vontade, deve partir de nós, há que começar em nós. A vida é caudalosa em bens e males, cabe a cada um correr atrás, colher seus frutos e evitar os reveses. No afresco da Capela Sistina, "A Criação de Adão" vemos Deus em toda sua grandeza, cercado por uma hoste de anjos, estendendo seu braço em direção a Adão. Na cena Michelangelo representa Deus realizando o esforço, movendo-se, agindo, num gesto supremo de criação, enquanto Adão — isto é, *nós* — mantém-se deitado sobre uma rocha, olhar displicente, braço semiestendido, com uma indolência existencial típica da Humanidade, que sói aguardar que todas as bem-aventuranças sejam derramadas sobre si, exigindo de Deus e da vida que os nossos sonhos se realizem, sem dispender esforço, sem movimento, sem o necessário ato de vontade. A vida nada nos concede, ao contrário, nos tira, vez que cada dia de vida é um passo certo em direção à morte. Nenhuma dessas coisas lembrei à vizinha, apenas meneei a cabeça, acudindo, comentando contrito: Não, não é pedir demais.

Agora, minha família está longe, não tenho ninguém. Sinto-me só e nada realizei dos meus grandes projetos. Completarei trinta anos daqui a meses, patino no mesmo lugar há tanto tempo. Quando é que tudo vai começar a melhorar?

Não há como saber. Mas disso não decorre que devamos desistir, antes o inverso. Esse seu dilema é o agro dilema de Hamlet...

Estou cansada de lutar. Sinto-me atolada, estagnada, já não sei quanto mais vou resistir.

Veja, às vezes, basta apenas aceitar as coisas como elas são. Para os budistas, por exemplo, o segredo para não sofrer é o não desejar. Quando nada queremos, não podemos sofrer por não conseguirmos realizar os desejos.

Isto é desesperador. Qual é o sentido de se viver se não se desejar?

É legítima tua pergunta. Mas qual é o sentido de se desejar quando a realização deste desejo está além do alcance? Sofremos quando almejamos o impossível. Agir sem preocupar-se com os resultados é um bom modo de se viver. Uma vida sem sofrimento não é o que ansiamos?

Esta é uma maneira pequena de encarar a vida.

Somos muito pequenos mesmo. Veja a imensidão do Universo, quantos trilhões de estrelas, planetas, luas e outros corpos celestes. Em quantos outros incontáveis planetas pode existir vida? Ou mesmo neste nosso pobre planetinha, quantas são as espécies de animais e plantas? Pense naquela montanha que você fotografou nos Andes: ela deve ter milhões de anos, e estará lá por outros tantos milhões de anos, intocada, enquanto nós, nossos filhos, netos e bisnetos viveremos e morreremos sem deixar rastro. Mas do fato de sermos pequenos e insignificantes não deriva que devamos nos resignar, nos contentar com qualquer coisa. Por exemplo, eu poderia ter me acomodado à minha vida, com minha ex-mulher, com meu antigo trabalho, mas preferi largar tudo para construir o que se impôs a mim como missão, apesar das dificuldades tantas envolvidas. Se, por acaso, eu descobrir que me equivoquei, posso mudar de ideia a qualquer momento. Nada está escrito, nada está decidido, cabe a nós mesmos atuarmos para realizarmos as nossas metas. E tudo bem se fracassarmos, se falharmos lutando por aquilo que acreditamos. Isto justifica a nossa existência. Importa não aspirar nem lutar pelo impossível, para não magoar-nos irremediavelmente por não sermos capazes de obtê-lo.

    Faz sentido... disse me encarando, com os olhos vermelhos e ainda em lágrimas.

    E você nem está mais sozinha aqui. Tem um amigo com quem conversar. Quando precisar, bata lá em casa que estarei pronto para ouvi-la e com satisfação, viu?

    Esta última frase que disse pouco antes de partir, fez com que me sentisse um traidor dissimulado. Ser amigo dela não era o que eu tinha em mente. Preferia muito mais ter arrancado dela as roupas ali na sala mesmo, mordiscando seu pescoço enquanto a penetrasse com força. Teria sido muito mais sincero se houvesse dito isto a ela. Não que um casal não pudesse ser amigo entre si, que o marido não devesse ser o melhor amigo de sua esposa, confidenciar-lhe segredos e tudo o mais, aliás, a amizade é a argamassa de qualquer relacionamento duradouro, pois uma vez que o sexo e a paixão se extinguem, o que sustenta um casal é a amizade incondicional, ou o que alguns preferirão chamar de amor. Eu adoraria ser amigo da vizinha do andar abaixo, principalmente se a tiracolo desta amizade viessem os beijos, os abraços e o sexo ocasional. Eu munia-me da mesma estratégia de qualquer adolescente tímido que pretende se aproximar da garota desejada: primeiro, achegava-me sem demonstrar segundas intenções, como se fosse um bom moço, para depois, quando houvesse uma oportunidade, tentar o bote, isto se o medo da rejeição não se interpusesse, tolhendo a iniciativa. Amigos? Por ora...

**

Colecionar faz parte da natureza humana. Coleções pertencem ao nosso caráter coletivo, acumulamos por causa da escassez, pelo temor da falta, pelo receio de não termos no futuro e são as diferentes coleções que também nos distinguem. Colecionamos para nós, mas também para mostrar aos outros. Há aqueles que colecionam troféus e medalhas, as vitórias que ostentam orgulhosos nas prateleiras de casa; há os que colecionam carros antigos, um luxo tão aristocrático e para poucos privilegiados pelo ouro de Plutão; há os que colecionam latinhas de cerveja, selos, bonecos de super-heróis, figurinhas, papéis de carta, esmaltes, ursinhos de pelúcia, antiguidades, obras de arte, câmeras fotográficas, camisetas de times de futebol, discos, filmes, gibis, miniaturas de espaçonaves do "Jornada nas Estrelas"... Há também as coleções bizarras: vibradores, bichos empalhados, fotos de pessoas mortas, recortes de jornais sobre assassinos em séries, há até aqueles que colecionam parceiros sexuais, como num jogo de conquista sem fim. Somos os senhores de nossas coleções e, quando as admiramos, é como se nos agigantássemos. Muitas vezes, a comparação com outras coleções similares concede-nos um prazer ainda maior: a constatação que possuímos o item mais raro e valioso, mais importante e único. Sempre tive também as minhas coleções, desde criança, e lembro-me quão triste fiquei quando um primo quebrou um dos meus carrinhos *matchbox* de coleção, e como eu quis pular no pescoço dele e dar-lhe uma surra, mas me encolhi no canto, enxugando as lágrimas nas mangas da camiseta, enquanto tentava juntar as partes do brinquedo estraçalhado. Não é à toa que protegemos as nossas coleções com esmero, pois, por mais que aquilo seja inestimável para nós, talvez para os outros não tenham valor algum, são apenas quinquilharias inúteis ocupando demasiado espaço. Logo no primeiro mês de casamento, retornei do trabalho um dia e a minha coleção de moedas havia desaparecido. Revirei todas as gavetas, armários e baús, mas foi impossível encontrá-la.

 Você viu uma pasta de couro preta?

Aquela com umas moedas velhas e enferrujadas?
Sim, aquela com as moedas velhas e enferrujadas.
Joguei fora.
Como assim "jogou fora"?
Estava entulhando o armário. Joguei no lixo.
Voei aos cestos de lixo do prédio, mas quê, a coleta já havia passado. Meu desejo era pular no pescoço da minha mulher e lhe dar uns safanões, ou, assim como quando eu era criança, ter me encolhido num canto e chorado, limpando as lágrimas nas mangas do terno. Mas não fiz nem uma nem outra coisa, retornei calmamente ao apartamento, sentei-me no sofá e liguei a televisão. Pensava apenas naquela dracma do segundo século antes de Cristo, que havia custado uma pequena fortuna a um grande amigo num antiquário de Atenas e que ele me dera de presente de aniversário. Durante uma semana, minha ex-mulher recebeu a terapia do silêncio. Ela tinha consciência que havia feito algo de muito errado e que eu jamais a perdoaria completamente por isto. Depois das moedas, iniciei uma coleção de livros, mas nada muito sistemático, já que com as mudanças sempre acabava me desfazendo de muitos deles. No entanto, assim que cheguei a Buenos Aires, encontrei um exemplar que me encheu os olhos. O preço era uma exorbitância, mas não me importei. Saí contente e satisfeito com a primeira edição autografada de *Ficciones* de Borges em mãos, publicada em 1944 pela Sur. Onde mais no mundo eu teria a oportunidade de encontrar um exemplar como esse? Onde mais? Com

a própria assinatura do *maestro*, daquele autor que havia insuflado em mim o desejo de também tornar-me um escritor um dia? Eu já havia lido e relido aquela obra mais de uma vintena de vezes, tanto que ela nunca deixava a minha cabeceira. Quando partisse da Argentina, certamente teria de me desfazer de quase todos os livros que havia comprado lá, mas se havia um que eu levaria pelo resto de minha vida, para o túmulo, se fosse possível, seria a primeira edição autografada de *Ficciones*, pensava até em incluir este desejo em meu eventual testamento, quando o fizesse. Ao abrir a porta do meu apartamento, encontrei Borges mastigando justo este livro. Borges mastigando Borges. Assim que me viu, abaixou as orelhas e permaneceu estático, com alguns pedaços de papel na boca e o livro destroçado entre suas patas. Parecia indagar-me: algum problema? Fiz alguma coisa errada? O meu primeiro impulso foi o de pular no pescoço daquele vira-lata desgraçado e dar-lhe boas cacetadas, exatamente o mesmo desejo que tivera de pegar meu primo destruidor de *matchboxes* e, depois, aquela ex-mulher sem respeito por moedas gregas da Antiguidade. Sai daí! Sai! Gritei. Sai daí, seu cão diabólico! Sai, sai, sai! E avancei contra ele, tentando expulsá-lo da cama. Borges rosnou, tentando me intimidar. Você está louco, cachorro? Come meu livro e agora rosna para mim? Ingrato! Ingrato! Eu berrava, descontrolado como jamais fui. Vem aqui! Vem aqui! Peguei Borges no colo, que agora se encolhia num reflexo de medo, e carreguei-o para fora do apartamento, descendo as escadas, atravessando a portaria e arremessando-o para fora do prédio. Eu jamais deveria ter recolhido você das ruas! Você é como todos estes argentinos filhos-da-puta, só esperando a primeira oportunidade para me apunhalar pelas costas. Você podia ter comido qualquer coisa naquela casa — qualquer coisa! —, menos aquele livro. Desgraçado! Borges havia se deitado na calçada, cabeça entre as patas e orelhas abaixadas, ouvindo-me atentamente, talvez até sentisse remorsos. Vai embora! Volte pra sarjeta de onde nunca mereceu ter saído, seu maldito! E dei as costas para o cachorro, que ficou na calçada fitando-me ainda, demostrando esperanças. Através da porta de vidro, enquanto eu aguardava o elevador, vi ele se levantar, observou-me por alguns instantes e, rabo entre as pernas, partiu lentamente pela Guardia Vieja.

**

O livro estava destruído para além de qualquer restauração. As páginas de *Tlön, Uqbar, Orbis Tertius*, o meu conto favorito naquela obra, bem como a assinatura do autor haviam desaparecido completamente, provavelmente estavam no estômago de Borges naquele instante. Apanhei os destroços e joguei numa gaveta. Um dos três mil exemplares desta primeira edição rara havia acabado de ser devorado por um vira-lata portenho. Esta seria uma história que eu teria vergonha de contar aos demais. Como pude ser tão imprudente de deixar um livro como este na cabeceira da cama, ao alcance de um cão de rua? Nunca havia passado por minha mente que uma cena como esta poderia se suceder. Para mim, aquele papo de "meu cachorro comeu o meu dever de casa" era apenas desculpa esfarrapada de crianças. Jamais pensei que um cão fosse capaz de comer o dever de casa de alguém, ou, o que era infinitamente pior, a primeira edição autografada de *Ficciones* de Borges. Quando eu poderia imaginar isto? Sentei-me diante do computador com o rosto entre as mãos. Não choraria por causa de um livro mastigado, afinal eu não era mais um menino. Em seguida, lancei-me na cama e me encolhi, bastante angustiado. A ausência de Borges trazia-me, subitamente, todas aquelas sensações ruins que me assolavam antes de recolhê-lo. Eu estava sozinho, naquela cidade que me repelia, cercado por pessoas que me odiavam. E, num ato de fúria impensada, expulsei de casa o único verdadeiro amigo que encontrei lá, inclusive, talvez o único e incondicional amigo que jamais tive em toda a minha vida. E por quê? Por causa de um livro estúpido com a assinatura de um defunto... Damos tanta importância ao que é irrelevante, que às vezes atropelamos o que realmente importa. Borges era o meu companheiro em Buenos Aires, talvez até mais do que o próprio Luis Borges. A cidade de Borges, o cão, era real e, por suas ruas, eu e ele caminhamos lado a lado, em nosso pacto de cumplicidade silenciosa; a cidade de Borges, o escritor, era ficcional, havia sido um engodo para trazer-me até aqui e decepcionar-me — ele havia conspirado para me trair e *Ficciones* havia sido seu maior embuste. Levou mais ou menos uma hora para eu cair em mim e perceber que havia cometido um grandessíssimo erro. Borges era meu amigo e não se deve tratar um amigo como eu o tratei. Corri para fora do apartamento, suplicando internamente que o meu erro ainda pudesse ser reparado, torcendo para que Borges ainda estivesse na calçada em frente ao prédio, sentadinho, com a língua para fora, aguardando que eu descesse para buscá-lo. Havia todas aquelas histórias sobre a fidelidade canina, sobre cachorros que passam o resto de seus dias dormindo sobre os túmulos dos donos mortos, e me encheria de alegria se Borges fosse um destes cães fiéis, mesmo eu sendo um dono de merda, que não merecesse uma devoção dessas. Já estava anoitecendo. Saí do prédio chamando: Borges? Borges? Sou eu, Borges!

**

Ele não estava lá. Nem na esquina. Nem nas quadras adjacentes. Passei a perguntar a transeuntes. Vocês viram um cachorro feio, cego e manco por aí? Alguns nem respondiam, fingindo que não haviam escutado ou compreendido, outros negavam com um meneio de cabeça, talvez assustados com o doido que corria de um lado ao outro da rua, abordando desconhecidos, ousando dirigir-lhes a palavra. Com passo apressado, percorri a Guardia Vieja até a Agüero, retornando pela Humahuaca e depois dispersando-me por tantos caminhos que eu e Borges já havíamos percorrido por aquela vizinhança. De Córdoba a Corrientes, de Pueyrrodón a Gascón, seria tão difícil assim encontrar um cão de rua? Fui até o Parque Almagro; por fim, sabe-se lá o porquê, subi até o Parque del Centenario, onde nós só havíamos estado uma única vez, não custava arriscar. Avistei vários cães de rua, muitos acompanhando os incontáveis catadores de papel que invadem à noite a injusta Buenos Aires, congestionando as ruas secundárias com carroças puxadas por mulas. Era tarde quando voltei para casa, sozinho, sem Borges. Não seria uma noite fácil para mim. A culpa me desolava. Se Borges morresse nas ruas, eu jamais me perdoaria. Não se deve adotar uma criança de orfanato e, diante da primeira situação difícil, jogá-la de novo ao desamparo. Não se deve fazer isto, não se deve brincar com a vida alheia. A existência de Borges não devia ter sido nada fácil, tantos anos deambulando pelas ruas da cidade. Eu havia lhe dado o gostinho do conforto e do amor. Mas arranquei-lhe tudo num único ato. Acabamos assumindo o papel de deuses, pondo-nos acima do bem e do mal. O Homem escraviza os animais e até os próprios homens, devasta florestas e polui rios e mares, mata os demais em guerras, destrói, domina, conquista, oprime. É a certeza da impunidade, que os nossos atos não terão consequências, que não haverá vingança ou paga que nos move. No entanto, no bumerangue da existência tudo tem volta. Às vezes, o resultado é imediato, em outras tarda, mas jamais falha. O impacto da ausência de Borges atingiu-me com a força de um trem desgovernado, prostrando-me na cama como se eu estivesse enfermo, mal tive forças para ir ao banheiro tomar uma ducha e escovar os dentes. Minha energia fora drenada. Estava triste, tão triste que nem saberia expressar em palavras. Ocorreu-me a tão repetida citação de Saint-Exupéry: *"tu és eternamente responsável por aquilo que cativas"*. Eu havia cativado Borges ou ele a mim? Sem dúvida, eu me sentia responsável por ele, e era isto que me doía ainda mais, o meu ato impulsivo e violento de expulsá-lo. Eu não podia ter feito aquilo! Por outro lado, Borges também era responsável por mim, ele me conquistou primeiro ao fitar-me com seus olhinhos cegos, balançando gentilmente a cauda, naquele dia em que eu o trouxe para casa. Era quase como se Borges fosse o dono e eu o cão. E, agora, quem havia sido abandonado era eu, não ele, pois Borges havia desaparecido, talvez para sempre, pelas ruas de Buenos Aires. Volte, Borges, por favor... Sussurrei, na esperança doentia que ele pudesse me escutar, onde quer que estivesse.

**

Mal dormi naquela noite. Tinha a impressão de estar ouvindo o ruído das patinhas de Borges a caminhar pelo apartamento. Você está aí? Perguntava levantando-me para acender a luz, mas só encontrava a cama de cobertores enrolados no chão vazia. O verão estava acabando e a temperatura já caía um pouco à noite. Borges devia estar dormindo em qualquer praça, sob um banco, ou no meio de papelões ao lado de um mendigo bêbado. Como saber? Talvez estivesse mais feliz agora, novamente livre. Não importa o que lhe digam, mas nada há de mais precioso do que a liberdade. Ninguém sabe o que isto significa exatamente, pois há tantas noções de liberdade quanto pessoas no mundo. A definição de liberdade é tão individual e particular quanto a de felicidade. Para mim, ser livre era poder mandar tudo à merda quando eu bem entendesse, pôr minhas roupas numa mala e partir, sem dar satisfação a ninguém. Para Borges, liberdade poderia ser caminhar na rua sem precisar seguir ninguém, dormindo onde quisesse, comendo na hora que desejasse. Se ele não ansiava por este tipo de libertação, por que não havia me esperado diante da porta do prédio, então? Por que não havia insistido um pouco mais? Eu teria descido e, encontrando-o ali, o teria trazido para dentro de casa uma vez mais, de onde ele jamais deveria ter saído. Dormi mal e acordei cedo, mais cedo do que qualquer outro dia destes últimos meses. Troquei-me e bati à porta da vizinha abaixo, que rapidamente apareceu.

Borges fugiu... Eu disse entre dissimulado e desesperado.
Quem?
Meu cachorro. Ele fugiu.
Meu Deus! Como aconteceu isto? Ela parecia genuinamente surpresa e preocupada.
Estávamos andando por aqui perto, ele vinha atrás de mim... De repente, quando me dei conta havia desaparecido.
Menti, pois não podia, ou melhor, não queria contar a verda-

de, expondo a ela a maldade que eu ocultava com tamanha dedicação.

Onde isto?

Aqui mesmo, na Guardia Vieja. Ele desapareceu...

Precisamos encontrá-lo. Ela disse. Você já colocou cartazes por aí?

Não, nem pensei nisto. Nunca perdi um cachorro antes.

Eu ajudo você. Ela disse, puxando-me para dentro do apartamento dela. Você tem alguma foto dele?

Nenhuma, disse envergonhado. Como é que eu nunca tirei uma foto do Borges? Ou de mim com ele? A presença dele ao meu lado parecia tão constante e inabalável, tão certa e segura, que nunca considerei fotografá-lo. Mas é assim em quase todos os relacionamentos. Nos acomodamos, considerando-os seguros e inquebrantáveis, julgando que nada poderá afetá-los, mas, com o passar dos anos, tudo se desgasta e nos olvidamos dos bons tempos, dos tempos felizes, dos risos pretéritos. Da minha infância, tenho tão poucas fotos com meus amigos, de mim com meus pais, ou com meu irmão. Os anos se passaram e hoje mal me recordo das feições de meus colegas de escola, tampouco da minha primeira namoradinha. Tudo tão vago e distante, amainado pela ação corrosiva do tempo. Nenhuma foto de Borges comigo. Como eu me recordaria dele daqui a uma década? Eu me lembraria bem daqueles olhinhos cegos, daquele andar hesitante, daquelas lambidas quentes de felicidade quando eu chegava em casa? O tempo apaga tudo. E tudo se apaga com o passar do tempo. Chegará o dia que até as pirâmides do Egito virão abaixo, os gregos antigos tinham um ditado certeiro: tudo sai da terra e tudo à terra torna. Deve ter sido por vaidade que o homem construiu a nave espacial e o satélite, só pra poder fugir desse antigo interdito.

Não tem problema. A vizinha disse. Escrevemos uma descrição dele e o número de seu telefone. Alguém irá encontrá-lo e ligará para você, pode ter certeza, e apanhou uma folha de papel e uma caneta. O que escrevo?

Perdido. Eu disse. Cão cego, feio, velho e manco, conhecido por Borges. Ligar para... Eu disse, tentando descontrair.

Jamais! Ela se revoltou. Já sei: "Perdeu-se um cão mestiço, idoso, com dificuldades de caminhar". Está bom assim?

Perfeito. Eu disse. A vizinha escreveu e descemos para fazer uma centena de cópias para espalharmos pela vizinhança.

O melhor é que cada um vá para um lado, assim cobriremos uma área maior em menor tempo. Ela disse. Acho que até o final deste dia você terá encontrado o seu cãozinho.

Nem sei como agradecê-la. Eu disse comovido.

Você tem sido um bom amigo, esta já é a minha recompensa. Fitamo-nos por alguns instantes e era como se o encanto inicial tivesse ressurgido. Borges nos unia uma vez mais.

Ela seguiu em direção ao Parque Almagro, enquanto eu me encaminhei para Palermo, afixando cartazes em todos os postes que encontrei no caminho.

O que você está fazendo? Uma velha perguntou pela janela ao ver-me dependurando o aviso diante da casa dela.
É que perdi meu cachorro... Comecei a explicar.
Não quero saber! Ela me interrompeu. Aqui não! Leve suas propagandas para bem longe daqui!
Como? Perguntei entre desconcertado e irritado.
Não entendeu? Não quero cartazes aqui! Você está fazendo uma zona! Fora, fora!
Vá se foder, velha! Gritei, numa reação que não condizia com a minha disposição habitual de engolir sapos. Morra sentada nesta janela, intrometendo-se na vida alheia! E continuei prendendo o aviso, passando a fita adesiva com tanta raiva, dando voltas e voltas no poste, que mesmo se uma bomba atômica caísse em Buenos Aires, aquele cartaz continuaria intato, fixo naquela esquina diante da janela de uma velha filha da puta. A infelicidade é uma força poderosíssima, inclusive poderia ser considerada uma das leis universais: "a infelicidade é capaz destruir tudo que há de bom, original e construtivo no mundo". E retornamos ao nosso velho amigo Schopenhauer, pois, por mais que haja milhares de pessoas caridosas, que se esforçam para realizar o bem, basta que um desgraçado se interponha para ofuscar qualquer bondade. Lembramo-nos de Hitler e de seu genocídio, mas não nos recordamos de nenhum dos incontáveis heróis anônimos que pereceram nos campos de batalha, nas frentes de resistência, arriscando a própria vida para salvar as de outros. Os grandes vilões são rememorados em todos os livros

de História, mas para os mártires restam apenas as notas de rodapés, quando muito. E não tenho dúvidas que a maldade é resultado direto de uma infelicidade tamanha que não se contém em si, é necessário que os outros também sofram, também sejam infelizes e amargurados, para que, de alguma maneira, ao ver-se cercado por outros igualmente rancorosos, sentir-se acolhido e justificado. A bondade se espalha grão a grão, mas a maldade vem em enxurradas, como uma represa que se rebenta, varrendo tudo pelo caminho. Depois de umas duas horas afixando os avisos de "cão perdido", retornei a meu prédio e fui direto ao apartamento da vizinha abaixo, que também já estava de volta.

Muito obrigado, mesmo! Eu disse a ela. Vou tentar descansar um pouco, não dormi quase nada nesta noite. Se me ligarem, eu aviso você.

Estarei o dia inteiro em casa hoje, posso acompanhá-lo caso alguém encontre seu cãozinho.

Subi e me lancei na cama, mas não consegui dormir nem descansar. Havia uma grande possibilidade de eu nunca mais reencontrar Borges e isto era aterrador. Uma vez mais sozinho naquela cidade. Uma vez mais vendo meus sonhos de uma gloriosa carreira de escritor se esfacelando. Tantos e tantos meses sem nem dar início ao romance, novas desculpas a protelar perpetuamente o embate com o grande livro que eu havia me proposto a escrever; agora era o desaparecimento de Borges, um evento que havia sugado todas as minhas forças e, se eu não o encontrasse, considerei que o meu tempo em Buenos Aires havia acabado, que o ideal seria juntar meus trapinhos e — Deus me livre! — voltar ao Brasil, onde todos meus parentes e amigos me apontariam o dedo, rindo do meu fracasso. Ou eu poderia simplesmente pegar o primeiro voo saindo de Ezeiza para Bangkok e sumir, enterrando-me em algum bangalô numa praia deserta e paradisíaca, divertindo-me com prostitutas adolescentes e regando a goela com uísque falsificado. Pois não é difícil fugir ou desaparecer neste mundo. O difícil é ficar e encarar os desafios, esta é a verdadeira coragem. Devia ser umas seis da tarde quando tocou o telefone.

Escute. É você que está procurando um cachorro perdido? Penso que o encontramos. Diziam do outro lado da linha.

Sério? Onde vocês estão?

O sujeito me passou um endereço em Boedo.

Tão longe? Está certo que é o cão descrito no cartaz? Perguntei.

Claro! Vai vir buscá-lo? Senão podemos jogá-lo na rua de novo.

Sim, sim. Estou indo.

Desci correndo pelas escadas e bati à porta da vizinha do andar abaixo.

Encontraram o Borges! Em Boedo!

É mesmo? Vou pegar a minha bolsa. Ela disse, retornando em poucos segundos. Apanhamos um táxi na porta do prédio e seguimos para o endereço. Tardamos uns quarenta minutos para chegar lá, por causa do trânsito congestionado do fim de tarde.

Barbeiros de merda! Reclamava o motorista, jogando seu automóvel de uma faixa a outra, quase se chocando contra os outros carros.

Calma, não estamos com tanta pressa assim. Eu disse, um pouco receoso.

Pode deixar que meu trabalho faço eu. Respondeu o taxista, fechando a cara e costurando até chegar ao nosso destino. Paramos diante de uma daquelas *casas chorizos*, tão habituais por toda Buenos Aires, longas construções interconectadas por um pátio, muitas mudadas em cortiços. Batemos à porta e apareceu uma provinciana com sotaque de Jujuy, como a vizinha abaixo me revelaria depois.

É você que encontrou um cão? Perguntei.

Sim, sim. Só um instante. Ela disse, retornando pelo longo corredor, desaparecendo numa porta e, logo depois, voltou trazendo amarrado numa corda de varal um cachorro malhado, sem uma das patas.

Que brincadeira é esta?

Está aqui. Seu cachorro. Disse a mulher. Leve-o. E me estendeu a cordinha de varal.

Não, este cachorro não é meu. Onde diabos você viu no cartaz que o meu cachorro tinha só três patas?

"Dificuldades de caminhar", estava escrito. Este cão tem dificuldades de caminhar.

Ele não tem uma pata! Não é manco, é perneta...

Mas é velho, como descrito. Manco e velho. Pode levar. Ela insistia.

Olha aqui, minha senhora, este cachorro não é meu. Eu saberia reconhecê-lo, isto eu lhe asseguro.

Por favor, leve embora este bicho infernal. Há uma semana que ele fica rondando a casa, comendo o nosso lixo, latindo diante da porta. Não queria um cachorro? Então, aqui tem um. Vai, leva!

Inacreditável. Eu disse, olhando para a vizinha do andar abaixo. Viemos de tão longe para isto...

Virei-me e chamei um táxi. Ainda pude ouvir a provinciana gritando.

Vou dar um fim neste animal desgraçado! E vocês serão os responsáveis pela morte dele!

Eu e a vizinha voltamos em silêncio dentro do carro. Imaginei que ela talvez estivesse se sentindo culpada.

Será que não devíamos ter pego aquele cãozinho? Ela disse com remorso.

Tem um cão vira-lata em cada esquina desta cidade. Se formos recolher todos, talvez devêssemos abrir um canil... Retruquei, com amargor, sem me dar conta do lugar-comum.

Já havia anoitecido e a cidade estava iluminada. De dentro de um automóvel em movimento, Buenos Aires era encantadora. Vi as pessoas nas cafeterias, nos restaurantes, nas pizzarias, sentadas em mesas nas calçadas, rindo, até pareciam felizes.

É linda Buenos Aires à noite, inflamada de vida e de gentes. Todavia, naquele instante, vendo-a passar pela janela do táxi, questionei-me como nunca antes. O que vim fazer aqui?

Por que ainda estou aqui? Encarei a vizinha, e os olhos dela estavam cheios de lágrimas.
Coitadinho daquele cachorro... sussurrou. Devíamos tê-lo trazido.

**

Recebi alguns telefonemas nos dias seguintes, mas nada de concreto. Uma pessoa havia me dito que avistara Borges caminhando pela Santa Fe, um rapaz afirmou que Borges estava rondando a *Facultad de Medicina* e um outro jurou de juntos que estava com meu cachorro, mas que só o entre mediante uma recompensa. Quando lhe pedi que descr o Borges, desligou. Vai saber? Talvez eu até estivesse a pagar para reaver Borges, mas não cairia em golpe nistas. Continuava procurando-o pela vizinhança noite, sem nenhum sinal do meu cão. No fim do do andar abaixo passava para saber se havia nov

Não podemos desistir. Ela dizia. Ele dev perto. Vamos encontrá-lo.

Na quarta noite depois do desaparecimento desci e bati à porta da vizinha.

Estou muito triste hoje. Eu disse. Posso ficar um pouco com você?

Claro. Ela disse, com um sorrisinho.

De repente ficou grave e me falou: preciso te confessar uma coisa. Voltei pra buscar o cão de três pernas, mas aquela

senhora me expulsou de lá, dizendo que cumpriu a promessa, ela o matou e disse que a culpa era minha. Ela tem razão.
Ficamos tristes e em silêncio por um bom tempo, andando de um lado para o outro. É mentira dela, sentenciei.
Não, eu confirmei, ela o matou miseravelmente.
Sentamo-nos e ela segurou a minhas mãos entre as delas. Não podemos mais fazer nada quanto aquele cachorro, mas quanto ao Borges, não podemos para perder as esperanças. Agora, mais do que nunca: nós vamos encontrar seu cachorro.
E se não encontrarmos? Perguntei, já um pouco resignado com esta possibilidade.
Confie em mim, prometo, vamos encontrá-lo!
Você é uma pessoa muito especial. Eu disse.
Nada havia me preparado para o beijo que ela me deu em seguida, desengonçado, rápido e acanhado. Meio segundo apenas. Um selinho de meio segundo, como crianças de cinco anos dão uma nas outras para fingirem que estão namorando. Foi lindo e decepcionante, ao mesmo tempo. Lindo por sua singeleza. Decepcionante por sua tepidez. Definitivamente, não era como eu havia concebido, nada como nos filmes de romances tórridos, quando o casal se beija com ansiedade e ganas, quase engolindo o parceiro, num ímpeto de combatentes. A vida não é um filme, tive de me relembrar disto, eu que desde criança pensava que era observado por alguém, talvez um deus, mas talvez por algum maníaco psicopata que me acompanhava através de câmeras escondidas

onde quer que eu fosse. Na juventude, eu ensaiava meus atos e falas como se fosse um ator preparando-se para a cena de sua vida diante de uma plateia lotada. Até o choro sozinho no quarto depois de ter sido rejeitado por minha primeira grande paixão assumia ares de tragédia grega. Era como se alguém assistisse a todos meus atos, a todos meus fracassos: o filme da minha vida. Hoje sei que é absurda a possibilidade de que cada drama pessoal possa ser acompanhado segundo a segundo por qualquer entidade que seja, mas naquele tempo... Nem Deus teria saco para isto; Ele se entediaria em minutos ao visualizar as existências medíocres em todos os lares do mundo. Num destes lares, uma argentina rouba uma beijoca de um pseudoescritor angustiado por ter perdido seu cão. Uma cena sem graça, que ensejaria bocejos aos espectadores de qualquer sala de cinema onde alguém ousasse projetar esta merda de filme. Para mim, este beijo tinha todo um significado, mas para quem visse de fora, éramos como duas crianças ainda aprendendo o que é amar. O que foi isto? Pensei em perguntar, mas certamente quebraria o pequeno encanto que nos tomou, matando aquele particular momento. Eu a abracei, e nossas lágrimas se misturaram, banhando nossos rostos.

    Obrigado. Eu disse por fim, mais aliviado, e nos beijamos novamente, desta vez sim um beijo, paixão, se não de cinema, pelo menos digno do reles filmeco de minha existência. Talvez este segundo beijo nem arrancasse bocejos dos espectadores, pelo contrário, até estimularia alguns casais a repetirem o gesto, e o lanterninha, eterno guardião da moralidade, passaria apontando o feixe de luz para os enamorados. Foi a vizinha quem tomou a iniciativa, me puxou para o quarto dela, após uma sessão de meia hora de carícias no sofá, eu tocando os seios dela por debaixo da blusa, ela mordiscando meu pescoço e roçando a pélvis contra meu pau latejante. Na penumbra do quarto iluminado apenas pela claridade que se projetava pela porta entreaberta, eu assisti à silhueta dela tirando o vestido, revelando a calcinha branca de algodão. Algumas mulheres desconhecem o poder da calcinha de algodão. Todas pensam que, para seduzirem e excitarem um homem, necessitam de lingeries de renda preta, baby-dolls de seda, sutiãs de oncinha, cremes para massagem, algemas ou sapatos de salto alto. Tudo que a mulher precisa é de uma calcinha de algodão branca e um sutiã fácil de abrir. É a mulher que se excita com o contexto e com as entrelinhas, com o subentendido, com a sofisticação das fantasias; o homem necessita somente de uma bela mulher desnuda diante de si, que exale o cheiro de mulher. De nada mais. Retomando o protagonismo ela desafivelou meu cinto e desabotoou a minha calça, forçando-a para baixo. Sentou-se sobre mim, e nossos sexos roçaram um ao outro, apartados somente por nossas roupas íntimas. Não tínhamos pressa. Foram tantas semanas para chegar neste momento, por que nos desesperaríamos agora? Ela me beijava e minhas mãos seguravam com força as nádegas dela. Ela gemia, gemia, mas gemia baixinho, manhosa. Deslizei a mão e alcancei os lábios de seus estreitos caminhos, encharcando meus dedos. Ela riu para mim, como se dissesse. Viu como estou pronta para você? Afastei para o lado minha cueca e passei a esfregar meu membro no seu pequeno vale, estimulando seu clitóris intumescido. Tem uma camisinha no meu bolso... Sussurrei. Desde a transa com aquela americana, era um erro que eu havia me prometido não repetir. Os anos de liberação sexual haviam acabado, quando todos transavam com todos sem preocupações nem tabus. A minha geração era da AIDS, do medo de morrer, quando devíamos desconfiar de todo o mundo o tempo todo. Ela apanhou o preservativo e, agora sim com um pouco de pressa, eu a penetrei fundo. Ela subia e descia lentamente, beijando, gemendo, mordiscando o lábio, roçando seus cabelos longos por meu rosto, miando. E me cavalgando ela gozou com algum escândalo, pra em seguida sorrir tímida, ainda sentada sobre mim. Eu a pus de quatro e a penetrei com força, com um tesão máximo, com vontade, até o delírio extremo, que me fez ralentar os movimentos e aos poucos foi me desfalecendo. Caímos um do lado do outro, suados e exaustos. Ela me fitava, com um olhar que julguei expressar paixão.

Como foi bom. Ela disse.

Não sabe há quanto tempo eu desejava isto.

Eu só estava esperando.

Sou mesmo lento.

Rimos os dois e ela me abraçou, beijando-me demoradamente. Quase me escapou um "eu amo você", mas contive a tempo o ímpeto. Era cedo demais, imprudente demais, arriscado demais. Eu estava tão feliz que até me esqueci um pouco do pobre do Borges. É a brutal lei do afeto, um ofusca o outro.

**

Este nosso relacionamento começou morno, sem aqueles habituais arroubos de paixão. Nenhum dos dois estava disposto a se entregar, a mergulhar de roupa e tudo na imensidão desde mar, a se envolver para além de quaisquer consequências. Daríamos um passo após outro, como dois exploradores num pântano em busca do lótus mais raro. Creio que nem eu nem ela estávamos prontos para abrirmos o peito, arrancarmos nossos corações e concedê-los incondicionalmente ao outro. Inclusive, penso que nem deveria ser assim normalmente. Esta é a fórmula mais evidente para a decepção. Fácil nos colocamos à procura da alma gêmea, do amor eterno, do príncipe encantado ou da mulher perfeita. Mitos românticos, perpetuados pelos romances de cavalaria medievais e, posteriormente, pelas fábulas narradas de pais para filhos, antes de dormirem. Nas histórias infantis, há um príncipe, uma princesa e um vilão, ou uma madrasta maldosa. Há uma série absurda de obstáculos aparentemente intransponíveis, mas, para o verdadeiro amor, não há barreiras absolutas. O príncipe salva a princesa do inimigo, eles se casam com pompa e a história acaba com o clássico "felizes para sempre".

Aliás, o final feliz não é uma maldição somente das histórias infantis, das fábulas, ou dos romances românticos. O final feliz é uma imposição da nossa mentalidade humana, da nossa necessidade interior em acreditar que tudo pode dar certo, pois o mundo é dual e até o pessimista mais arraigado traz em si um otimismo silencioso. Mesmo que não acreditemos na felicidade, ainda assim torcemos para que ela exista e encha a nossa vida de alguma alegria e propósito. Este é o maior paradoxo da felicidade: não basta sua existência, que haja pessoas felizes no mundo, se nós não formos agraciados com a nossa parcela de boa fortuna, então queremos que o mundo exploda, e que todos os demais queimem num inferno de dores intermináveis. A felicidade nos preenche e nos eleva, mas a infelicidade se propaga pela força da inveja. Por isto a necessidade de crer no final feliz, para suportarmos todas nossas desgraças cotidianas. Qual sentido haveria em vivermos miseravelmente se não houver, pelo menos, a possibilidade de um desfecho feliz? Mesmo assim, todos tocamos adiante nossas existências insignificantes e morremos no triste fim de todo ser vivo. Não há final feliz possível, posto que ou perdemos cedo a vida ou suportamos a velhice e seus males, e só existem três finais sob o Sol: morrer com sofrimento, morrer sozinho, ou simplesmente morrer, que por si já é um final infeliz, principalmente quando quase todos nós perderemos a vida inevitavelmente com uma amarga sensação de não termos cumprido com o que deveríamos. Ninguém vive plenamente; esta é uma impossibilidade empírica, pois temos tantos sonhos, projetos e ambições, que seriam necessários recursos e tempo inesgotáveis para realizarmos todos eles, e, ainda assim, dependeríamos das disposições dos demais em auxiliar-nos a concretizarmos tais planos, pois amar e ser amado, por exemplo, exige a entrega dos dois envolvidos e mesmo o sujeito mais rico do mundo ainda não alcançou o poder de pagar alguém para amá-lo genuinamente. Pode-se comprar a presença de alguém, o sexo, até a fidelidade através de um contrato de casamento, mas ainda não é possível forçar ninguém a nos amar. Seria tão simples desta maneira, isto nos pouparia de tantos desencontros, de tantas lágrimas, de tantas noites sentados no sofá da sala remoendo uma paixão não correspondida. Pagar, e ser amado. Pagar, e ser feliz. Pagar, e nossos problemas terminarem. Há quem realmente acredite que o dinheiro traz felicidade. Talvez até seja verdade num certo sentido. As riquezas poupam as pessoas de certos desconfortos, de certas preocupações, de alguns contratempos, mas há tantas experiências que não são precificáveis e que portanto não podem ser adquiridas com notas e moedas; há um nível tão básico de satisfações que estão além de qualquer poder de compra, arrisco-me a dizer até que muitas destas pequenas alegrias são até menos acessíveis aos ricos e poderosos, por não se sujeitarem a se entregar a deleites reles e tolos. Que estrela de Hollywood pode sentar-se num banco de praça, observando os filhos brincarem, sem a aporrinhação dos fãs pedindo autógrafos ou dos paparazzi prontos para tirarem aquela foto para a próxima capa da revista de fofocas? Quantos magnatas bilionários podem se dar o prazer de entrar na pastelaria da esquina e pedir dois pastéis de calabresa e um caldo-de-cana? A riqueza e o poder abrem um horizonte de experiências requintadas e únicas, porém, ao mesmo tempo, restringem todo um universo de pequenas vivências que nós, pobres mortais, desfrutamos todos os dias sem nem nos darmos conta de quão ricas elas são. Eu e a vizinha do andar debaixo debatíamos até tarde sobre estas e muitas outras reflexões e, no fundo, eu distinguia que ela era muito semelhante a mim: uma pessoa solitária, quieta e pensativa, que se deslumbrava, mas que também se espantava demasiadamente com o mundo. O ritmo vagaroso de nossa aproximação, esta nossa cautela, poderia ser a argamassa que nos ataria, pois cidades e nações não se constroem num único dia. Tudo que é duradouro exige tempo e labor para ser construído.

**

Eu ainda despertava cedo para procurar Borges pelas redondezas. Numa destas manhãs, dei de cara com o casal de brasileiros na portaria do prédio.

Nossa, quanto tempo que não o vemos? Disse *mi cariño*.

Inevitável... Tenho uma vida para tocar adiante; trabalho, estas coisas. Respondi.

O fato é que, um ou dois dias antes, eles haviam batido à minha porta. Quando percebi, pelo olho mágico, que eram eles, acocorei-me diante da porta, com medo que eles houvessem escutado algum ruído meu, ou que houvessem se dado conta que eu estava em casa. A cena era ridícula, reconheço, de um homem adulto agachado diante da porta de sua própria casa, em silêncio, mal respirando para não fazer barulho, apenas para não ter de falar com os vizinhos pentelhos. Esta era uma estratégia que eu desenvolvera desde criança. Preferia muito mais passar meu tempo brincando sozinho em casa, vendo TV, desenhando e, quando finalmente descobri as enciclopédias velhas da minha mãe, lendo-as exaustivamente, com várias delas abertas ao meu redor no chão meu quarto, comparando verbetes, examinando as imagens e sonhando com o dia em que eu poderia viajar o mundo e constatar em primeira-mão tudo aquilo, do que descer para jogar futebol ou bolinhas de gude com os garotos do meu condomínio. Quando eles vinham me chamar para brincar, eu suplicava à minha mãe.

Diga que estou de castigo. E ela ria, sem entender esta minha aversão pelas demais crianças, e até hoje devo ter a péssima reputação de mau filho, pois passava mais dias de "castigo" do que livre para descer e brincar com os outros. Tem gente que necessita da companhia de alguém o tempo todo, que se angustia com a solidão. Eu sempre pressenti que o meu melhor amigo era eu mesmo, talvez o único ser neste planeta no qual eu poderia realmente confiar. Os personagens que eu desenhava eram muito mais próximos de mim do que qualquer outra criança do prédio ou da escola, e os personagens ficcionais que hoje concebo em minha mente são da mesma essência que eu, compreendo-os e os aceito como são, com todas suas imperfeições e qualidades, com uma condescendência que geralmente não tenho para as demais pessoas. Não que me considere autossuficiente, mas a minha tolerância aos demais pode ser mensurada nos ponteiros do relógio. Suporto uns cinco minutos na companhia de alguém enfadonho, então mergulho num cosmo interior e desapareço num transe, sem ver nem escutar nada mais. Meia hora se for ao lado de uma pessoa com conversa interessante, e um par de horas com verdadeiros amigos. Mais do que isto, sufoca-me a presença do outro, afeta a minha personalidade, torno-me irritadiço e quero precipitar-me pela janela, correndo rua afora por um pouco de ar puro. E este ímpeto de fuga se acentua radicalmente ao ver-me acuado, como no caso destes dois brasileiros, que me cercavam, encurralavam-me, tentando se tornar meus amigos de forma compulsória. A situação era completamente distinta com a vizinha do andar abaixo, pois era uma relação desejada, que partia de mim, que me preenchia, já com estes dois, oprimia--me a certeza que cada segundo ao lado deles era um instante valioso que eu estava desperdiçando e que não recuperaria jamais.

    Vamos nos mudar. A mulher disse.

    Sério? Fingi espanto. Quando?

    Amanhã. O aluguel aqui estava muito caro. Passamos em sua casa ontem para nos despedirmos. Mesmo assim, vamos para um apartamentinho perto daqui. Você pode vir nos visitar, se quiser.

Pode deixar. Eu disse. Ela me falou o endereço, um dos prédios da Agüero, uma informação que fiz questão de me esquecer um minuto depois de nos despedirmos. Finalmente, eu estaria livre daqueles dois. Talvez até esbarrasse com eles pelas ruas de Abasto, mas já não corria mais o risco de dar de cara com o casal todo o tempo nos corredores do prédio. E eu que achava que não havia felicidade? Pode ser fugaz, mas existe.

Alguns livros de autoajuda sustentam a hipótese absurda que todos que passam por nossas vidas nos ensinam uma lição. Isto é impossível, pois quantos milhares ou até dezenas de milhares de pessoas não conhecemos ao longo de nossos anos e que nada têm para nos ensinar, senão o próprio fato de que, com os outros, quase não há aprendizado? São raríssimos os casos em que verdadeiramente aprendemos com os relacionamentos; geralmente, somos nós mesmos que chegamos às próprias conclusões através do trato cotidiano. As situações nos ensinam muito; já as pessoas, nem sempre. É o contingente que nos induz ao universal, e tanto faz se foi o Pedro ou a Maria que nos induziram à reflexão, pois bem poderiam ter sido o João ou a Tereza. Os mestres reais são pouquíssimos, comumente reclusos, como Zaratustras em suas cavernas. E quando estes mestres descem de suas montanhas para nos doutrinar, não raro são ignorados, criticados e rejeitados, pois ninguém acolhe com mansidão as verdades cruas, porque são insalubres. Só a mentira alegra, é leve e boa; a verdade dói como uma estaca cravada fundo no coração. No convívio diário, estamos todos atolados em mentiras e dissimulações e, se houver algum aprendizado com os demais, é que não passam de hipócritas. Se resolvêssemos ser sinceros, nossas relações todas, sociais, profissionais e familiares se romperiam todas em poucos minutos de convívio sincericida.

Se repito-me é porque, sem a repetição, nós nos esqueceríamos até do óbvio.

**

Confesso que já havia me resignado. Lá pelo décimo dia, não tinha mais expectativas reais de reencontrar Borges, por mais dolorosa que fosse a constatação. Imaginava-me trinta ou quarenta anos no futuro, já um senhor de idade, ainda remoendo a culpa de ter recolhido das ruas um vira-latas, abandonando-o para morrer em seguida. A culpa pode se arrefecer com o transcorrer dos anos, mas o remorso sobreviverá até o fim de nossos dias, emergindo em todas as oportunidades que nos depararmos com um evento similar. Assim, não haveria um cão sarnento nas ruas que não me fizesse recordar de Borges, tampouco jamais poderia ler uma obra de Borges sem lembrar-me de Borges. A passagem daquele cachorro cego havia se entranhado de tal maneira em minha história, que dele eu nunca me desvincularia. Os detalhes poderiam se esmaecer, mas a essência seria preservada para todo o sempre. A lembrança deste cachorro seria da mesma espécie daquela do meu primeiro amor de infância, daquela garotinha cujo nome se me apagou, que vivia na casa de portão azul do outro lado da rua, à qual eu sempre observava enquanto brincava de pular amarelinha com suas amigas. Nunca me aproximei, uma paixão puramente idealizada, eu vigiando-a por entre as cortinas da janela da sala e, na pureza de qualquer amor infantil, imaginava como seria uma família ao lado dela, conjetura inspirada obviamente em minha própria família, com pai, mãe e dois filhos, todos sentados à mesa de jantar, sorrindo, numa ilusão inocente de perfeição e harmonia. Eu a amei tanto e hoje nem de seu nome me recordo. Este é o triste destino de quase todo grande sentimento humano, o esquecimento. Então pensei que não apenas a imagem de Borges me escaparia um dia, como também tudo que passei, toda esta experiência horrível e sofrida em Buenos Aires. Eu me esqueceria também da vizinha do andar abaixo, do porteiro carrancudo, de *mi cariño* e de sua esposa, do Parque Almagro, das cafeterias da Corrientes e até mesmo da Guardia Vieja, aquela rua percorrida tantas vezes por mim. Todo o drama e desespero sucumbiriam para algum espaço vazio do inconsciente, entulhados entre outras memórias doídas, de dias de incerteza e angústia, de noites de solidão e desamparo. Outras histórias soterrariam as histórias pretéritas e o novo e excitante poriam termo ao desgastado. Ansiamos pela novidade, pelo inédito, pelo surpreendente e, assim, lançamos ao aterro dos dejetos tudo aquilo já exaurido com o transcorrer dos anos. Ao lixo, pomos fora o inútil, o roto, o imprestável, os amores desfeitos e as lembranças inúteis. Desfazemo-nos do velho para concedermos vaga ao que há de vir. Destruímos para construir. Reinventamo-nos para não enlouquecermos. Para mim, Borges já estava morto, por mais que isto me inquietasse e me perturbasse. Morto por minha culpa, minha tão grande culpa!

Então, numa certa manhã, ao sair para almoçar numa empanadaria a poucas quadras de casa, avistei um cão revirando sacos de lixo do outro lado da rua.

Borges, é você? Eu gritei. Borges?

O cão cego ergueu as orelhas e farejou o ar.

Borges, sou eu! Gritei mais alto ainda, quase sendo atropelado por um taxista filho-da-puta ao atravessar a rua movimentada.

Cães têm memória, disto não tenho dúvida. São como várias outras espécies de animais, que possuem instinto, mas também um tipo de raciocínio e uma memória seletiva. Borges se lembraria de mim, jamais questionei isto, mas que recordações teria ele guardado, as boas ou as más?

Me agachei a uns dez metros dele. Borges... Resmunguei, e o cachorro latiu uma, duas, três vezes. A cauda balançou rapidamente e ele correu em minha direção, com o trotezinho trôpego e desengonçado dele. Suas patas vieram de encontro ao meu peito e ele me lambeu o rosto, as orelhas e o pescoço, enquanto eu o abraçava, com lágrimas nos olhos, sem me importar com o fedor desgraçado que readquirira meu cachorro.

161

Que asco! Disse um senhor ao passar ao nosso lado, mas eu estava tão feliz que nem me dignei a mandá-lo para o inferno. Havia reencontrado o meu cão, que por dezesseis dias esteve desaparecido pelas ruas de Buenos Aires, por esta cidade cruel onde todos os dramas são revestidos com a agressividade e paixão de um tango.

**

Assim como da primeira vez, dei um banho em Borges e depois ofereci comida a ele. Então nos deitamos juntos na cama, ele do meu lado, língua para fora, ofegante, com as pernas arreganhadas, esperando um carinho meu na sua barriga.

O que você não passou por aí nestes dias? Por que não me esperou diante da porta? Por que não me esperou?

Borges nada respondia, continuava com as patas escancaradas, fechando os olhos todas as vezes que eu deslizava minha mão por seu pelo.

Tenho novidades. Lembra-se da vizinha do andar abaixo? Acho que eu e ela estamos namorando. Quer dizer, não sei direito o que está acontecendo entre nós, mas sinto que estou me apaixonando por ela. Você foi o responsável por isto. O cupido. Ri, e abracei Borges. É bom tê-lo de volta em casa. Eu estava me sentindo tão só. Tão culpado.

A vizinha apareceu mais tarde, como o habitual quando retornava de algum trabalho. Ela tocou a campainha e Borges correu para a porta, latindo. Assim que a deixei entrar, ela imediatamente se agachou, derramando suas lágrimas sobre o cachorro. Eu tinha certeza que você o encontraria! Nunca duvidei! Quantas vezes repeti isto?

Centenas.

Viu? Ele está aqui de novo. Onde ele estava?

Relatei brevemente a cena, por fim, ela disse. Duas ótimas notícias no mesmo dia. Quem diria?

E qual é a outra?

Ano passado, eu havia me inscrito para uma bolsa de estudos. Nem me lembrava mais dela, pois sabe como é, concorrência grande, muita gente boa, seleção rigorosa, avaliando o portfólio e tudo o mais. Já havia me conformado com o fato de que não tinha chances.

E?

E hoje saiu o resultado. Fui uma das selecionadas! Ela dava pulinhos de alegria, enquanto Borges a observava abanando o rabo.

Que maravilha! Eu disse, um tanto desconfiado, fingindo entusiasmo. A bolsa é para Buenos Aires?

Esta é a parte mais maravilhosa. Paris!!! Um ano estudando fotografia na cidade retratada por Cartier-Bresson, Doisneau e Brässai. Dá para acreditar?

Incrível, não é? Novamente tentei forçar um sorriso, mesmo que eu me sentisse estraçalhado por dentro. Vivemos no mundo da hipocrisia, mentiras e sofismas. Ninguém quer ouvir a verdade, por isto não devemos falar a verdade. Uma mulher pergunta para a outra: "como estou?" Ela não espera ouvir uma resposta honesta, portanto, tudo que pode ser dito é "amiga, você está linda!". Estas são as regras implícitas do jogo da convivência: você finge não estar me enganando, e eu finjo que acredito. Todas as nossas relações são pautadas por este espetáculo de luzes e sombras, revelando e ocultando, dando e tirando, jurando e traindo. Eu simplesmente não poderia arrancar o meu disfarce de homem bom e sorridente e jogar todas minhas mágoas para a vizinha do andar abaixo. Como assim uma bolsa de estudos em Paris? E eu? O que será de mim? Já estou apaixonado por você, sua vadia, agora você vai embora e me deixará nesta merda de cidade para estudar em outra merda de cidade? O que será de mim? O que será de mim? No entanto, isto seria violar as normas não-verbais dos relacionamentos. Eu finjo que estou feliz, e você finge acreditar na minha alegria.

    E quanto tempo você ficará em Paris? Perguntei, forçando falso entusiasmo.

    Um ano... A princípio, mas a bolsa pode ser renovada.

    Caramba, dois anos em Paris? Isto é extraordinário! Acrescentei. Você merece isto. Sempre lhe disse que era muito talentosa. E, realmente, ela era uma fotógrafa de talento, apesar de não ser espetacular. Até chegamos a conversar sobre isto, sobre a crise da fotografia, sobre estes tempos modernos nos quais todo o mundo tem uma câmera fotográfica em mãos, fotografando tudo que existe, tudo que se move e tudo que não se move. Quantos milhões de fotos não são tirados a cada segundo ao redor do globo? Hoje, todos temos camerazonas ou camerazinhas, sejam nos celulares, sejam as câmeras tradicionais, e todo mundo acredita ser fotógrafo potencial, mais ou menos como todos pensam ser escritores potenciais. É a desintegração da técnica e da arte, quando todos são tudo, mas ninguém é, no fundo, nada. A vizinha tinha um bom olhar para os detalhes, mas quantos de nós não temos este mesmo olhar? E o diferencial torna-se idêntico e vazio quando todos também creem ter um diferencial. Ela estudaria em Paris, o que talvez a ajudasse a lapidar este talento e a transformasse numa fotógrafa singular. Talvez... Porém, um ou dois anos distantes mataria qualquer romance que nós quiséssemos alimentar. Ela partiria e trocaríamos algumas cartas ou e-mails por um mês ou dois. Faríamos sexo virtual ou pelo telefone. Prometeríamos que nos amaríamos para sempre e descobriríamos quão doída podia ser a distância. Então ela conheceria um francês charmoso e culto, e provavelmente meio afetado, um Pierre ou um Jean ou um Louis. E este maldito francês charmoso, culto e afetado a levaria aos museus, ao teatro, para passear em Montmartre e em Champs-Élysées. E ela se apaixonaria por este francês culto, afetado e charmoso, e ela se esqueceria deste pobre escritor miserável e melancólico que ela deixou na imundície de Buenos Aires. A nossa história ficaria num vago passado, como aqueles tórridos amores de verão, daqueles carnavais na praia. Ela teria tanto para ver e fazer, e a diversão seria sem fim, porém, para mim, os dias se transcorreriam sem novidades, e cada manhã sem uma carta ou mensagem dela me angustiaria como se ela houvesse morrido e eu fosse o último a receber a notícia. Odiei Paris, talvez mais do que odiava Buenos Aires. Aliás, estas duas cidades irmãs, em espírito e em aspecto, para mim eram o reflexo distorcido uma da outra. A passeio, nunca fui tão maltratado como em Paris. Um inferno para qualquer turista, mas, mesmo assim, sempre abarrotada de visitantes e, em qualquer lugar que você for, acaba em alguma fila, sendo vítima de algum golpista, ou tendo de fugir de restaurantes com preços extorsivos, de garçons mal-encarados, de taxistas desonestos, de policiais que não falam nenhuma outra língua do planeta excetuado o francês, e do povo mais grosseiro da Europa. A vizinha do andar abaixo trocaria seis por meia dúzia, só que agora ela seria maltratada em francês e não em castelhano. Eu me senti mal, pois deveria estar feliz por ela. Não são todos os dias que as pessoas conseguem realizar seus sonhos, e que alguém consiga se livrar deste ciclo terrível de tentativas e fracassos já é um grande mérito a ser celebrado. Eu estava triste por mim. Ela seria feliz, inclusive merecia muito isto. Eu seria abandonado, e continuaria triste, como deveria ser. Eu e Borges.

Quando você vai?

Dentro de um mês. Vai ser o tempo de arrumar minhas coisas, cancelar alguns compromissos e embarcar. Você não tem ideia de como estou feliz!

Parabéns! Eu disse, e lhe dei um beijo na boca. Você é incrível.

Ficamos em silêncio, olhando-nos nos olhos, podia ouvir Borges arfando. Naquele instante, um muro de gelo se erguia entre nós. Ela já havia partido, já estava longe de mim, do outro lado de oceanos e continentes. Um ganha? Outro perde.

**

Por que você não vem comigo? Ela me perguntou, no dia seguinte. Havia um quê de pena neste convite, como se ela estivesse sendo remoída por um tímido remorso. A vizinha devia gostar de mim também, mas eu não queria, nem me via no direito, de interpor-me aos projetos dela. Amores vêm e vão e, no final, temos de suportar sozinhos nossas próprias frustrações e derrotas. Se eu resolvesse tentar impedi-la de viajar, isto se voltaria contra mim um dia, e talvez até pudesse ser o motivo para nossa separação. Ela me odiaria por ter arruinado seus planos, poria toda a culpa sobre mim. E eu teria este peso para carregar sobre meus ombros, de ter atrapalhado a vida de alguém que um dia amei. Já estava cansado de ser o vilão, este papel já não me caía bem. Quantas vezes ouvi da minha ex-mulher que eu havia estragado a juventude dela? Mas ela também havia destruído meus melhores anos, mesmo que eu nunca houvesse verbalizado isto.

Eu, em Paris?

Sim, comigo...

Acho que não seria uma boa ideia.

Por que não?

Difícil explicar.

...
Você estará estudando, conhecerá novas pessoas, fará muitas coisas interessantes. Eu seria apenas um estorvo.

Ela riu. Que estorvo? Deixe de ser ridículo!

Já vivi esta novela, já passei por isto. Primeiro, você adorará a minha companhia, depois, terá vergonha de mim, por fim, cada um acabará seguindo para seu lado. E eu estarei sozinho em Paris, o que é tão ruim quanto estar sozinho em Buenos Aires.

Como é que você consegue ser tão pessimista? Não dá para baixar a guarda por um segundo? É possível ser feliz, não é?

Felicidade é um traço genético. Alguns nascem para ser felizes, mesmo na merda, e outros para serem infelizes, mesmo no luxo.

E você nasceu para o quê?

Estou no meio do caminho. Às vezes estou feliz, outras não.

E por que não tenta? Faça um esforço... Venha comigo e podemos nos arriscar. Vai que dá certo?

Se der certo, ótimo. Mas, se der errado, sou eu quem mais sofrerá com isto.

Você deve pensar que não tenho coração. É claro que eu sofreria também. Tenho sentimentos...

Eu vim para cá com um projeto. Só vou embora quando tiver concluído meu romance.

Onde está a bosta deste livro? Eu quero ler o que você já escreveu? Você fala tanto nisto e nunca me mostrou uma página sequer!

E desde quando você entende português?
Não entendo, mas quero ver o que você já escreveu.
Quanto falta para terminar?
Bastante. Menti, ainda nem havia escrito a primeira linha, nem estava mais certo se um dia realmente a escreveria.
Você é cheio de desculpas esfarrapadas. Não vou ficar!
Eu sei que não. Nem estou lhe pedindo isto.
Então venha comigo!
Não é simples assim.
Claro que é. Compre a passagem e venha comigo.
Não.
Por que não?
Porque estou cansado... Cansado demais.
Cansado do quê?
De desistir. De não levar adiante as promessas que fiz a mim mesmo. De não realizar minhas ambições. Você tem sonhos? Então, vá para Paris e os realize. Já os meus sonhos foram, um dia, vir para esta cidade e escrever um livro que fosse tão bom quanto aqueles que admiro. Este sonho se esfacelou, mas não vou abandoná-lo, não vou desistir desta vez, não vou pôr meus projetos de lado para realizar os de outras pessoas. Este tempo passou, agora eu quero ser eu. Adoro você e sua companhia, mas Paris é história sua, não minha.

Ela chorava quando terminei de falar. Ainda com os olhos vermelhos me observou por alguns instantes. Por favor, vá embora, preciso ficar sozinha um pouco...

**

Enfiei-me em meu apartamento e não saí de lá por uns três dias. Forrei todo o banheiro com jornal, assim também não seria obrigado a levar Borges para fazer suas necessidades na rua. Não queria ver a cara de ninguém, muito menos daquele porteiro vagabundo e mexeriqueiro. Queria ler e dormir, comendo uma coisa ou outra quando a fome estivesse insuportável. A vizinha não me ligou nem bateu à minha porta, ainda devia estar emputecida após nossa última discussão. Aliás, eu nem consideraria aquilo uma discussão. Ela me fez uma proposta, que eu recusei, e ela ficou nervosa. Discussões eram aquilo entre mim e minha ex-mulher, nas últimas semanas antes de nos separarmos. Nosso afastamento passou por três fases. Inicialmente, deixamos de nos falar, de um modo natural e quase imperceptível. Já não tínhamos mais o que dizer um ao outro, vivíamos em mundos completamente distintos. Eu tinha as minhas atividades, os seminários na universidade, e ela tinha as dela com as amigas. O nosso único terreno comum era o bebê, e este elo logo deixou de nos unir. Acordávamos, muitas vezes, sem nem ao menos um "bom dia" e, à noite, deitávamo-nos na cama com tamanho constrangimento como se fôssemos dois estranhos que acabaram no mesmo quarto de hotel porque não havia mais nenhum vago. Ela se virava para um canto e eu permanecia acordado por muito tempo, fitando o teto, tentando encontrar uma solução. Em seguida, começaram as críticas ácidas e destrutivas. Ela apontava o dedo para tudo que eu fazia ou deixava de fazer. Se fazia corretamente, ainda não era bom o bastante. Se fazia errado, bem, então estava realmente ferrado, pois ouviria seus ataques incessantes, que retornariam com força em qualquer situação que ela julgasse oportuna, mesmo se eu estivesse cagando, calças aos tornozelos, e ela vociferaria do outro lado da porta. Por fim, veio a explosão, quando deixei de suportar calado todas as investidas dela e joguei a merda no ventilador. Existem dois principais tipos de mulheres: aquelas que se calam e se encolhem quando um homem grita, e aquelas que gritam mais alto. Descobri que minha ex-mulher era desta segunda estirpe, então nosso lar virou um inferno. Ela berrava, eu berrava de volta, ela tinha um ataque de nervos, ameaçava se matar e corria chorando, trancando-se no quarto. E eu permanecia na sala, encolhido no sofá, somente refletindo qual seria a melhor ocasião para pôr um fim àquela relação que estava me destruindo. Estas eram verdadeiras discussões, daquelas que deixam um sujeito prosternado, como uma criança perdida suplicando pela mãe. As discussões possuem uma dinâmica muito interessante, ao observá-las de fora. Numa controvérsia, as duas partes creem ter razão e, a princípio, tentam articular logicamente seus argumentos. Todavia, nenhuma delas está disposta a ceder terreno, aferradas às suas convicções íntimas, então, há uma escalada no grau de incisão. Isto é considerado como uma postura agressiva por ambos, que retribuem com maior ferocidade. Cada um pronuncia coisas horríveis sobre o outro, algumas nas quais realmente acredita, outras nas quais gostaria de acreditar. No final, após sarcasmo, injúrias e dedo na cara, as duas partes deixam a discussão ainda mais convencidas que estavam corretas em seus julgamentos, além de ressentidas com o interlocutor. Os dois perdem, mesmo que um deles, ou até ambos, considerem-se vencedores do debate. Schopenhauer, remetendo-se aos sofistas gregos, chamaria isto de erística, ou seja, a prática de debater pelo simples propósito de vencer o debate, mesmo sem ter razão. As pessoas tendem a acreditar ingenuamente que a verdade é evidente e inquestionável, que está posta diante dos olhos de todos e só não a enxerga quem não quer. Todavia, a verdade é um mito, com uma miríade de facetas e sutilezas, de fissuras e franjas, que nenhuma mente humana é capaz de apreendê-la. Percebemos tão somente fragmentos de fragmentos da realidade, em nossa inevitável visão parcial de tudo e de todos, de maneira que jamais poderíamos conceber o que é a verdade a não ser reunindo todos os pontos de vista possíveis sobre um mesmo assunto, o que é uma impossibilidade. Somente um deus perfeito e onisciente poderia ter acesso à verdade e, como todos nós estamos longe da perfeição, resta-nos digladiarmo-nos com as nossas migalhas de compreensão. Minha ex-mulher não tinha razão, assim como eu também não estava certo. Mas isto não impediu que dilacerássemos nossas vidas por causa de nossas tolas concepções errôneas de um sobre o outro. Acreditamos cegamente na própria mentira que criamos e isto nos impossibilitou de encontrarmos um caminho para a reaproximação. E, ocasionalmente, apesar de todo o amargor que ainda sentia, eu me pegava pensando se aquele não havia sido, de fato, o grande amor da minha vida, e se ainda não havia a chance de tentarmos mais uma vez.

**

Na semana seguinte, a vizinha me ligou.

Por favor, venha aqui. Temos de conversar. Não podemos ficar assim.

Desci, sem muito ânimo, já pronto para proferir aquelas frases clássicas de fim de relacionamento: "não tinha como dar certo mesmo", "não fomos feitos um para o outro", ou "você será muito mais feliz sem mim". E eu não era inexperto nesta arte. O fim do casamento não havia sido nada amigável, lembro-me até que minha ex-mulher havia arremessado uma panela de inox contra mim, que, ao invés de me acertar, estilhaçou uma cristaleira do apartamento alugado. Eu tive de pagar pelo estrago e durante muito tempo não dirigi palavra àquela mulher. Antes dela, sempre foram as minhas namoradas que me abandonaram, com exceção de uma, uma pobre coitada a quem traí por meses antes de criar coragem para dar um basta. Se eu já não era bom em iniciar relacionamentos, era muito pior para acabar um. Só que desta vez, eu vinha preparado. Se fosse para alguém dizer "acabou", este seria eu.

Ao abrir a porta, a vizinha me abraçou e beijou o meu pescoço e minha boca. Desculpe-me, ela dizia, estou sendo teimosa demais. Não quero perdê-lo.

Mas como eu estava vestido com a minha armadura de gelo, afastei-me dela por impulso. Não havia compreendido muito bem aquela situação, não poderia tê-la previsto.

O que foi? Ela perguntou. Então é assim?

É melhor entrarmos... Murmurei, tentando me recompor. Sentamo-nos na sala.

Você não me quer mais? Ela perguntou, assustada, com os olhos vermelhos, provavelmente de tanto chorar nestes últimos dias. Acabou?

Não, não é nada disto... Hesitei. Ainda gosto muito de você. Só estou cansado de sofrer.

Eu também! Eu também! Ela se levantou e começou a andar de um lado ao outro da sala. Ou pensa que queria me envolver com você para depois termos de nos afastar desta maneira? Não queria. Se fosse para escutar meus sentimentos, eu ficaria, sem questionamentos. Não desejo me afastar de você, ficar longe do seu corpo, sem as nossas conversas, sem poder olhar nos seus olhos... Só que eu também tenho de começar a pensar em mim primeiro, nos meus planos, no que quero me tornar. Se não for agora, talvez não seja nunca mais. Tudo que não toleraria é converter-me naquelas velhas rancorosas e tristes, que tiveram de sacrificar tudo por causa de uma paixão e, depois de abandonadas, culpam o mundo por seus próprios erros.

Eu sei disso. Tem horas que devemos escolher entre nós mesmos e os outros. Talvez esta seja a sua hora crítica de fazer esta decisão. Não vou lhe pedir para ficar, mas também não quero que me peça para ir com você. As coisas não deveriam ser assim. Quem garante que não estava predestinado para encontrarmo-nos desta maneira e nos separarmos em seguida? Viver é um mistério, e podemos enlouquecer ao tentarmos desvendá-lo.

É isto, então? Vou embora e não nos vemos mais? Ela disse, com um olhar incendiado, como se aquela já fosse a despedida.

Se tiver de ser assim... Podemos tentar um pouco mais, trocar cartas, falarmo-nos pelo telefone. Quem sabe eu não vá visitá-la por alguns dias em Paris? Se fizermos um esforço, talvez possa funcionar. E se não der certo, não deu. Não seremos o primeiro casal destruído pela distância, mas, pelo menos, também não poderemos nos culpar por não termos arriscado.

Não quero perdê-lo. Ela repetiu, jogando-se ao meu lado no sofá, beijando-me e, em seguida, puxando-me para o quarto dela.

Havíamos combinado de tentarmos um pouco mais, mas tudo no sexo daquela tarde tinha gosto de adeus.

**

Sou contraditório. Como todas as demais pessoas, às vezes não me reconheço. Não creio em deuses nem em religiões, mas, de quando em quando, pego-me suplicando para alguma entidade superior que me mostre o caminho. Não acredito, porém talvez quisesse, ou devesse, acreditar. Desagrada-me a presença dos demais, todavia, não posso evitar a profunda solidão que me acomete. Só que esta é uma solidão que nenhuma companhia apaziguaria, pois deriva da consciência que todos estamos inevitavelmente sós desde o dia em que nascemos até quando morrermos. Mesmo cercados por uma multidão, estamos sempre dentro de nós mesmos, ilhados em nossa individualidade, sozinhos em nossas angústias e sofrimentos. Nossa coletividade é uma fuga desesperada para fora, fuga incompleta e jamais totalmente realizável. Estamos sós, tão somente sós. Queria tanto que a vizinha do andar abaixo ficasse ao meu lado, para todo o sempre, se possível. No entanto, a partida dela para Paris também seria libertadora, pois só sou pleno no isolamento. Ao lado da pessoa amada, obrigamo-nos a fingir sermos melhores do que somos. É a mentira do convívio, a dissimulação do cotidiano, as máscaras que trajamos para sermos aceitos. Ninguém nos quer realmente com todas nossas faltas, falhas e defeitos, que devemos ocultar para nos inserirmos e sermos apreciados. Mentir para sorrir. Dissimular para viver. Ocultar para ser amado. Sou otimista, mas de um otimismo trágico. Tudo poderia ser pior, repito para mim mesmo, prédica que tanto escutei nesta vida. Tudo poderia ser pior, e realmente tudo poderia ser muito pior. É o otimismo do fundo do poço, quando só nos resta ascender, pois descer mais seria a morte. Tudo poderia ser pior, é verdade, eu poderia estar atado a uma cama, vegetando, sendo alimentado por uma sonda, vendo o mundo passar diante de meus olhos sem a consciência do tempo que passa. Ou poderia ainda estar atado a um casamento sem amor, a uma existência que se resumia a acordar cedo, ir ao trabalho, ganhar o salário mensal para pagar contas e mais contas, voltar para casa, jantar ao lado da esposa, assistir TV na cama e dormir. Vegetando na vida, vendo o mundo rodar sem consciência do tempo que passa. Tudo poderia ser pior. Eu queria ficar, porém também queria ir, ou, melhor ainda, queria ser um pássaro livre, sem moral nem filosofias, sem Deus nem pecado, sem hipotecas nem responsabilidades, sem amores, sem dores, sem sonhos nem decepções. E, ao contrário de Aristóteles, concluo que a felicidade não é o oposto da infelicidade, mas que está além, num território onde inexistem as oposições, quando não se pode distinguir o que é bondade ou maldade, o que é alegria ou tristeza, o que é certo ou errado. Se não existisse a infelicidade, não saberíamos que éramos felizes, isto é um fato, contudo, seríamos felizes de qualquer maneira, mesmo sem sabermos disto. É a ignorância que nos reconforta. *"Ignorance is bliss (a ignorância é uma bênção)"*, como critica Thomas Gray em seus versos, posto que duvidar é uma ausência perturbadora, a constatação que, dentro de nós, habita o Nada.

**

A data da viagem da vizinha do andar abaixo estava chegando e ambos sofríamos por antecipação. De madrugada, na cama dela, a vizinha me abraçava e chorava no meu peito. Não quero perdê-lo, dizia. Eu permanecia em silêncio, também segurando as lágrimas que se derramavam desde dentro.

Na última noite, saímos para jantar, mas não conseguíamos nos divertir. Era como se um parente ou amigo próximo houvesse acabado de falecer e houvéssemos apenas saído de seu velório. Havíamos jurado e prometido tantas coisas um para o outro nestes derradeiros dias, porém tudo tinha gosto de um fim, quando sabemos que a história está inelutavelmente para terminar.

Você prometeu que irá me visitar... Ela insistiu.

Sim, prometi.

Quando?

Assim que possível. Espero terminar meu livro antes disto. E esta frase poderia significar que nunca mais nos veríamos. Concluir um romance era, naquele momento, uma meta tão inatingível e surreal quanto pegar um ônibus espacial para Júpiter.

Sim. Conclua seu livro e venha me ver. Esperarei por você a cada minuto que passar.

Nunca pronunciamos a palavra amor, que nos amávamos, sequer falamos em paixão. Naquela altura, lançar uma bomba destas sobre o outro seria um crime, condenando-nos a um sofrimento ainda maior por estarmos distantes. Porém, há certos sentimentos que não precisam ser verbalizados, que transparecem em nossos atos, em nosso olhar, nas mãos que se tocam sobre a mesa. Não precisávamos dizer que nos amávamos, pois nos amávamos mesmo assim.

Vou sentir sua falta. Eu disse. Buenos Aires não será mais a mesma. E esta última sentença não queria dizer absolutamente nada. A cidade e seus moradores não me causavam nenhuma comoção além de repulsa e desgosto. A presença dela ao meu lado não mudava nem um pouco minha relação com Buenos Aires, todavia, sua ausência somente ressaltaria o asco que já me dominava. De fato, a cidade não seria mais a mesma, seria ainda mais nojenta e repelente.

Ela me fitou com tamanha ternura, que somente pude ler em suas pupilas o que ela tanto havia repetido ultimamente: então venha comigo. Desviei o olhar e observei o movimento apressado dos garçons, os outros fregueses e a fila de espera que se formava diante da porta do restaurante. Doía pensar que, depois de amanhã, eu despertaria sabendo que a vizinha já não estava no andar abaixo, que não me encontraria com ela acidentalmente no elevador ou no saguão, que não nos veríamos ao cair da tarde, que ela não me acompanharia nos passeios com Borges até o Parque Almagro, que não teríamos mais nossas conversas incendiadas sobre política, religião, sobre a miséria humana, ou relembrando clássicos do cinema. Novamente abandonado, novamente contando somente comigo mesmo. A que horas mesmo é seu voo? Perguntei, já sabendo a resposta.

Às seis e meia.
Já reservou o táxi?
Sim, estará aqui às três para nos buscar.
É tempo o suficiente. Espero que não peguemos muito trânsito para Ezeiza neste horário.
É... Também espero que não.
Quer que eu passe a noite com você?
É claro! E sorrimos, apesar da tristeza que nos devastava.

**

Não caibo em mim, por isto fujo para o mundo ou para a Literatura. Meus dois refúgios.

Quando jovem, meu ato de revolta com a vida era sair com os amigos, virando a noite nos bares do Largo da Ordem. Éramos todos roqueiros, alguns punks, anarquistas e desajustados naquela cidade fria e impessoal. Curitiba parece empurrar seus jovens para as sombras e para a escuridão. Naquele tempo, tudo que eu queria era que algum vampiro viesse e me mordesse, convertendo-me em mais uma destas criaturas das trevas. É fácil entender o apelo que os vampiros têm sobre a juventude: a beleza e a mocidade eternas são extremamente tentadoras. A princípio, viver para sempre parece fascinante, ser um mero espectador do desenrolar dos séculos, da queda de impérios e do fim de tudo que é transitório. Sobrevivendo aos ciclos, aos finais e recomeços, percebendo quão sem propósito são os jogos de poder dos homens. Um vampiro deambulando pelas vielas sombrias, bebendo do sangue das gargantas das meretrizes e das virgens, vivendo na morte toda a plenitude das experiências. No entanto, a eternidade é uma maldição reservada somente aos deuses. Existir sem um término, ou sem a perspectiva de um descanso final, deve ser o maior desespero possível, que o diga o Holandês Errante do mito nórdico. Mesmo que muitos de nós não se deem conta, ou não pensem nisto, o fato de sermos finitos e mortais, de termos o fim pendendo sobre todos nossos segundos, empurra-nos, de alguma maneira misteriosa, para a ação. Morreremos, portanto, temos a motivação íntima de cumprir nossos sonhos e metas antes disto, para que partamos com um pouco da sensação de missão realizada. Que tipo de ambição pode ter um ser que viverá eternamente? Na eternidade, você sempre poderá postergar seus planos, pois sempre haverá tempo. Para quê pressa se hoje, amanhã, ou daqui dois milênios você ainda estará circulando por aí? Se eu fosse um vampiro, a escrita da primeira linha deste romance que já me tem tomado meses jamais seria escrita de fato. Teria a imortalidade nas mãos, mas não teria razão para desfrutar dela. Na juventude, a morte é um horror longínquo, mas, na velhice, é uma temível companheira íntima que poderá tocar a campainha a qualquer momento. É necessário um pouco de experiência para compreender que o fim, mais do que uma injusta punição, é uma espécie de bênção contraditória. O fim justifica toda a história. Eu, rapaz, fugia para o mundo, para as mesas de botecos cheias de garrafas vazias de cerveja e para as moças com hálito de cigarro que eu beijava sem me importar sequer em saber seus nomes.

Hoje, fujo para a Literatura. Passei num sebo e comprei uma vintena de novos livros. Estava desanimado, então me convenci que enterrar-me em Ernesto Sabato, Roberto Arlt, Vargas Llosa, Carlos Fuentes, Unamuno e García Márquez poderia me dar algum tipo de consolo, senão, pelo menos teria bastante para entreter-me e fazer-me esquecer da vizinha do andar abaixo, que eu havia deixado no aeroporto naquela tarde.

A despedida foi menos triste do que eu havia imaginado. Bem menos do que as semanas que antecederam a viagem de fato. A expectativa do adeus havia nos exaurido, tanto que hoje mal conversamos, tampouco fizemos promessas mútuas. No táxi, seguimos em silêncio e de mãos dadas. Ela fez o *check-in* e observamos os monitores informando os voos que partiriam, resmungando vez ou outra alguma trivialidade. Nos alto-falantes, avisaram o embarque do voo dela para Paris, então nos encaramos por alguns segundos e uma lagrimazinha deslizou pela bochecha dela.

Vou esperá-lo. Ela disse.

E eu me esforcei para sorrir. Acompanhei-a até o terminal de embarque, beijamo-nos e ela entrou na fila, acenando algumas vezes para mim. Fiquei ali, parado, mesmo depois de ela ter desaparecido salas de embarque a dentro. Tentei comprar um refrigerante numa máquina automática, a desgraçada engoliu meu dinheiro. A mulher da banca de jornal ria de mim.

Não funciona!

O monitor indicava que o voo para Paris havia decolado. Invadiu-me o medo de nunca mais revê-la. Mais que medo, era uma convicção.

Borges não deve ter entendido nada quando cheguei em casa, larguei a sacola de livros perto da porta e desabei na cama, de sapatos mesmo. Ele subiu atrás de mim, rabo balançando e lambeu a minha cara.

Obrigado, meu amigo. Hoje, sou só vazio...

**

Então, era como se houvéssemos retornado no tempo, como se os dias fossem uma repetição assustadora e sufocante daqueles de vários meses atrás, antes de realmente conhecer a vizinha do andar abaixo, quando éramos somente eu e Borges vagando sem rumo pelas ruas de Almagro. Todos nós, em algum ponto, ponderamos como seria bom poder retornar a algum momento passado de nossas trajetórias. Desejaríamos ter uma vez mais a vivência agradável que se gravou em nossa memória, daqueles fugidios instantes felizes que nos insuflam de esperança quando todo o resto parece estar dando errado. Ninguém ansiaria por reviver os momentos críticos, de desamparo, de tristeza avassaladora ou de sofrimento. Recordo-me bem de um acidente que sofri com minha família, na estrada rumo à praia, quando um caminhão vindo em sentido contrário obrigou meu pai a jogar o carro para o acostamento, perdendo o controle e capotando duas ou três vezes para dentro do matagal. Fui o primeiro a recobrar a consciência no meio das ferragens, com meu irmão todo ensanguentado ao meu lado e, do outro, o corpo inerte de um tio que havia sido quase decapitado. Quão sozinho eu me senti, quão indefeso, quão fragilizado! E se somente eu houvesse sobrevivido? E se meu pai e minha mãe estivessem mortos no banco da frente? E se eu houvesse perecido, estraçalhado, à beira de uma rodovia? Não tenho ideia de quanto tempo tardou para chegar o socorro, mas, quando as luzes da ambulância lançaram seu brilho intermitente em minha direção nas trevas da noite, gritei como nunca havia gritado antes: "Ajuda! Por favor, ajuda!". Eu tinha apenas nove anos e era como se o destino de minha família houvesse recaído em minhas pequenas mãos, naqueles meus gritos angustiados. Meu pai havia fraturado as duas pernas, mamãe a clavícula e a bacia, enquanto eu e meu irmão sofremos apenas alguns ferimentos sem gravidade. Mas meu tio, o irmão caçula da minha mãe, que viajava para ver o mar pela primeira vez na vida, tivera o pescoço atravessado por um galho de árvore. E eu, que havia reclamado durante a viagem inteira por ter ficado no assento do meio, implorando para me sentar perto da janela, só estava vivo porque dentro daquele carro eu era o mais novo, sem voz nem vez. Aquela viagem, que de uma semana no litoral transformou-se numa noite num velório, pôs-me em contato íntimo com a fragilidade da existência e com minha própria mortalidade. Temi a morte. Temi a solidão no meio das ferragens, cercado por pessoas ensanguentadas. Temi o sofrimento. Durante muito tempo, meu sono foi atormentado por vislumbres vívidos naquele acidente, povoado por pesadelos nos quais eu assistia àquela cena de fora tal qual num filme: o caminhão, a capotagem e as cinco pessoas presas no interior de um veículo totalmente retorcido. Somos vulneráveis e basta que uma lâmina de três centímetros seja cravada em nosso peito para sangrarmos até morrer. Basta que numa queda estúpida fraturemos alguma de nossas vértebras para ficarmos paralíticos pelo resto de nossos dias. Basta comermos um alimento estragado para nos intoxicarmos e deixarmos nossa vida e tripas numa privada. Basta um acidente numa estrada para nunca mais nos esquecermos de como somos fugazes e descartáveis. Muito choraram por meu tio, mas a vida prosseguiu, e hoje mal me recordo das feições dele. Conscientemente, eu jamais desejaria retornar para a noite daquele acidente, uma noite de sofrimento e morte. Todavia, ao invés de ansiarmos por revivermos os momentos felizes, deveríamos almejar retornarmos para estes instantes dolorosos, para atingirmos algum nível de esclarecimento e compreensão. Talvez, então, pudéssemos extrair deles algum aprendizado autêntico, ao contrário do medo e trauma que nos causaram. Aprendemos muito na dor, foi o que percebi ao recair em minha antiga rotina. Estava constatando que a vizinha do andar abaixo me faria muito mais falta do que eu poderia imaginar, que meus dias, que já não tinham muito sentido antes, agora eram somente minutos e horas que se sucediam. Creio que foram naqueles instantes que passei a considerar seriamente a possibilidade de ir atrás dela em Paris. Senão, o que mais faria?

**

Borges não queria sair para passear. Venha, Borges, venha. Eu o chamava, com a porta entreaberta, ato que ainda ontem bastava para ele pular da cama e vir atrás de mim. Você está bem? Perguntei, sentando-me do lado dele. Borges mal se mexeu, mas esticou a língua para lamber minha mão. O que você tem, cachorro? Fiz um carinho nele e me deitei na cama. Se você quiser ficar em casa hoje... Mas se quiser ir para a rua, é só me avisar. A respiração de Borges estava pesada e lenta, e ele emitia um chiado baixinho, quase imperceptível, como uma chaleira entrecortada. Parecia um resmungo de dor, ou de choro. Você está sofrendo? Perguntei, mas obviamente o cão nada disse. Abracei-o e ficamos assim por muito tempo.

Outro dia que Borges mal se levantou. Preocupação.

**

Borges pulou na cama e me acordou. Estava todo molhado. O que você aprontou agora, cão do diabo? Bebeu água da privada? Mas foi só erguer-me para ver que toda a minúscula cozinha estava encharcada e a água já estava chegando aos pés da cama. Que merda! Gritei e corri para ver se não havia deixado a torneira aberta, num destes estúpidos atos de esquecimento que podem nos custar caro. Depois, conferi a tubulação e descobri um grande vazamento, escorrendo pela parede e sumindo por detrás do armário da pia, inundando tudo por baixo. Com um pano, enxuguei o que foi possível, depois o estendi no chão, sob o vazamento, para tentar minimizar o estrago. Contatei a proprietária do apartamento, que me prometeu resolver isto o mais rápido possível. Uma meia hora mais tarde, ela me ligou, avisando-me que o porteiro, que também era o responsável por pequenos reparos, subiria para conferir o problema. Passei o dia inteiro torcendo o pano na pia, limpando a água do chão, torcendo o pano na pia e limpando a água do chão. E não vi a cara do porteiro. Chamei novamente a proprietária, que, secamente, respondeu que era para eu ter paciência. Às seis da tarde, não pude esperar mais. Desci até a portaria e recebi um olhar vazio do porteiro. Espero você para hoje ou terei de aprender a conviver com o vazamento na pia?

Não posso sair daqui até as sete. Só depois subirei para ver isto. Porém, posso desligar temporariamente a água do seu apartamento. Isto deterá o vazamento.

Faça isto, então.

Quando retornei ao meu apartamento, já não tinha mais água na pia da cozinha, nem no banheiro. Às sete da noite, o porteiro viria, foi o que ele havia dito, mas, anoiteceu e ninguém veio. Desci novamente até a portaria, mas ele já havia partido, sendo substituído pelo porteiro noturno.

Não entendo nada disto. Ele me disse. Você terá de falar com meu colega amanhã pela manhã. Se desejar, posso ligar a água de novo.

Melhor não, ou terei de passar a noite inteira enxugando o chão.

Tentei falar uma última vez com a proprietária, que não atendeu meus telefonemas. Estava sem água, não podia tomar banho, nem sequer dar descarga na privada, e o assoalho da cozinha era pura lama. Comprei alguns galões de água no mercadinho chinês, pois não sabia quando a situação se normalizaria.

O porteiro só apareceu no terceiro dia.

Será preciso trocar a torneira. Tem uma borrachinha que se desgastou, isto faz com que a água vaze.

Liguei para a proprietária, que prometeu contratar um encanador, mas este nunca veio. Os interiores do armário da pia mofaram rapidamente, e eu sem uma torneira, incapaz de lavar uma louça.

A sociedade funciona mais ou menos como um organismo vivo. Se um de seus órgãos deixa de funcionar, ou funciona mal, todo o resto é prejudicado. A acupuntura, esta milenar arte da medicina chinesa, estabelece uma série de relações entre os órgãos. Às vezes, uma enxaqueca não é causada por alguma enfermidade da cabeça, mas por uma outra parte do corpo doente. Dificilmente refletimos sobre esta intrincada ordem natural, excetuando quando ela falha, e se revela na ordem rompida. Se, um dia, os policiais resolvem fazer greve, todos se assustam, retornando para casa antes de anoitecer, fechando lojas e comércios. A ausência da polícia na rua, cuja existência cotidiana mal percebemos, ou que nos causa um ligeiro temor de sermos vítimas pelo abuso de autoridade, revela-nos sua verdadeira importância. Sem a proteção dos homens fardados, todos os bandidos do mundo estão à solta, livres para cometerem os crimes mais horrendos. A doença de um órgão da sociedade revela a fragilidade de todo o organismo, e tudo passa a funcionar mal. Os lixeiros param seus caminhões, reivindicando melhores salários, e as cidades desaparecem sobre montões de lixo em cada esquina, diante de cada casa ou loja. O mal-estar de uma parte transparece a debilidade do todo. É na falha, na ausência, no defeito que compreendemos a perfeita harmonia silenciosa. Não ter água levava-me a questionar. Como chegamos a este ponto? A nossa comunidade humana deitou seu destino nas garras de uma estranha organização, tornando-se dependente. Se falta-nos luz, água, combustível, ou qualquer uma das comodidades da vida moderna, convertemo-nos em criaturas impotentes, sem nem saber por onde começar a sanar os problemas. O homem moderno é um escravo da civilização, sem liberdade sequer para ir até o rio recolher com um balde a água que necessita, ou para ir com sua lança até a selva caçar o alimento diário. Cedemos nossa liberdade existencial pelo conforto da vida comunitária. Nós nos fiamos uns nos outros, mas quando os outros nos faltam, como este encanador que jamais veio consertar a torneira da pia, poucas opções nos restam. A ausência é presença.

**

Pensar é difícil, às vezes. Inclusive, o ato de refletir pode ser um esforço até maior do que o físico. Em 1984, durante uma série de partidas entre dois dos maiores enxadristas da História, Kasparov e Karpov, este perdeu dez quilos devido à extenuação mental. Em contrapartida, um jogador profissional de futebol queima uns dois ou três quilos num jogo. Quase ninguém associa o pensamento a uma ação, como um exercício que envolve outras partes do corpo além do cérebro. Um grande general sabe que uma batalha deve ser vencida antes que qualquer soldado pegue em armas e pise no cenário de conflito. Inclusive, guerras psicológicas tendem a ser tão perigosas quanto aquelas de fato, pois o terror é uma das armas mais poderosas de intimidação. Planejar para dominar; antecipar-se para vencer; raciocinar para não cometer erros. Assim que a vizinha do andar abaixo se foi, precipitei-me em meus pensamentos, que me exauriram. Ela tardou dois dias para me telefonar, avisando-me que estava tudo bem. Depois, fiquei uma semana sem notícias dela. Então, outros quinze dias. Ocorria exatamente tudo aquilo que eu temia. A distância física destruía o nosso frágil vínculo. Eu não tinha dúvidas que este afastamento se acentuaria no decorrer dos meses, até que ela deixasse de me ligar, e isto seria o fim. Todavia, numa manhã, fui despertado pelo telefone tocando.

Preciso revê-lo. Dói tanto! Ela chorava do outro lado da linha. Acreditei que o esqueceria. Sei que você não quer vir para cá, que minha viagem poderia nos separar para sempre, mas não estou suportando. Eu o amo... Não queria, não podia, mas amo você.

Eu não disse nada, o "eu também amo você" engasgado na garganta, revirando as minhas tripas, embotando meus sentidos. Quem diz amar, quase sempre aguarda amor em retorno. Refletindo bem, eu a amava, porém meu orgulho — orgulho não, meu medo! — era um entrave ensandecedor. O que eu temia? Tantas coisas, mas nada concreto, nada verbalizável, nenhum inimigo tangível. Temia enunciar "eu também amo você" e, depois disto, nunca mais vê-la, e que este amor mudo e subjacente enfim emergisse, arrastando-me e devorando-me. Alguns sentimentos jamais deveriam ser desencavados, pois temos tantos monstros ocultos nas catacumbas de nossa alma, somente aguardando uma porta entreaberta para a superfície, que até um sentimento nobre como o amor pode trazer consigo males indescritíveis. O amor é capaz de criar a ponte para a paixão doentia de alguém que se descontrola ao constatar que não tem poder sobre a pessoa amada. Os crimes passionais são atos de amor desmedido, quando os sentimentos nocivos brotam atrelados àquela emoção mais nobre do ser humano. O silêncio da minha racionalidade a afligiria tanto, ou até mais, do que dizer-lhe "mas eu não a amo", mesmo querendo-a tanto que optaria por renegá-la para nos pouparmos de mais sofrimento. Nesta dicotomia sentimento-pensamento, sempre me inclinei pelo segundo, mesmo se fosse um erro, mesmo se magoasse alguém, mesmo machucando a mim mesmo. O pensamento é lógico e inequívoco. A emoção é instintiva e imprevisível. E não quero o imprevisível, este nosso aspecto animalesco e irracional, ditando meus feitos e decisões. Basta que sigamos nossa emoção por um único instante para nos arrependermos para todo o sempre. São as paixões que puxam o gatilho e disparam o revólver contra a esposa e o amante, todavia, são os pensamentos e toda nossa racionalidade que nos municiam para conceber e desenvolver as armas de guerra mais devastadoras. Se pendemos para um lado, erramos por ignorância, ao recairmos para o outro lado, destruímos com nosso engenho. De qualquer modo, estamos sempre ferindo quem amamos.

**

Borges ofegava, deitado sobre o travesseiro ao lado da minha cabeça. Você está bem? Perguntei, olhando o relógio. Duas da manhã. Aquele não havia sido um bom dia para ele. Tivera uma diarreia sanguinolenta em nosso passeio pela manhã e vomitou sangue no banheiro. Amanhã você estará melhor, senão, levo-o no veterinário. Eu havia prometido. Borges era um cachorro durão, destes acostumados com a vida ingrata nas ruas, pensei que uma mera diarreia não poderia ser nada sério. No entanto, ele não parecia estar bem. Acendi a luz. Borges continuava deitado, lateralmente, língua para fora, ofegante, mal se movia. Você está bem, Borges? E vi nos olhinhos opacos dele um vazio como nunca antes. Ele estava distante, fraco, esvaindo-se. Eu o abracei e ouvi um gemido baixinho, como se Borges estivesse com dor. Apalpei sua barriga e as costas, mas não entendo nada disto. Fique tranquilo... Eu disse, vestindo minha roupa e pondo o casaco. Então, peguei-o no colo e, de madrugada, saí pela Guardia Vieja vazia, caminhando meia quadra até uma veterinária ali perto. Evidentemente, o local estava fechado. O único veterinário que eu conhecia por ali estava fechado. Borges sem forças em meus braços, com a cabeça e as patas pendendo, como se houvesse desistido, como se não pudesse mais. Voltamos para casa e folheei a lista telefônica, procurando por uma clínica 24 horas. Na minha cama, Borges assistia ao meu desespero com os olhos semicerrados até que, enfim, adormeceu. Aproximei-me dele e fiz-lhe um carinho, escutando sua respiração fraca, quase imperceptível. Fiquei observando-o por muito tempo, por quase uma hora, suponho. Então, a respiração cessou. Sentei-me num canto do quarto e cuidei do corpinho inerte do meu cachorro. Meu grande companheiro estava morto sobre minha cama, imóvel como um bicho empalhado. Não pude acreditar, não quis acreditar. Borges não estava bem nas últimas semanas, não comia direito e até água estava recusando, já denunciava que algo estava mal. Mas morto? Morto! Ajoelhei-me aos pés da cama e rezei, como não fazia há quinze anos ou mais. Por favor, Deus, não tire meu amigo. Por favor, não me deixe sozinho novamente. Por favor, não... Certa vez, li que Deus só realiza milagres para aqueles que creem. Deste modo, qualquer prece minha seria esforço e tempo perdidos. Eu não acreditava em nada, nem tinha razões para isto. Borges estava morto, como ocorrerá com todas as criaturas viventes, com você e comigo. Ordem natural do mundo. Até planetas e galáxias morrem. Mesmo o Universo morrerá um dia. Racionalizei, como sempre fiz, mas a razão não arrefecia minha dor, não oferecia nenhuma placidez. Voltei a sentir a mesma revolta e incompreensão de quando eu era jovem e o mundo era todo um mistério e a ausência de respostas afligia-me como punhais na alma. Borges estava morto, e era esta a minha única certeza.

**

Nunca havia tido um animal antes, portanto, também nunca os vi morrer, tampouco tive de sepultá-los. Desde sempre, a raça humana ansiou por diferenciar-se das demais criaturas vivas. Os gregos diziam que éramos uma espécie dotada de fala, de razão, com uma alma. Os escolásticos medievais, que éramos criaturas éticas e com livre-arbítrio, capazes de distinguir entre o bem e o mal. Os pensadores modernos teorizaram que éramos uma criatura política, social e até científica, vez que somos o único ser que investiga seu próprio mundo. A contemporaneidade trouxe novas conjeturas e o ser humano se tornou o sujeito descentrado, o homem psicológico, cindido e erotizado. Hoje, se me coubesse desenvolver uma teoria sobre a humanidade, eu diria que é um ser que vela os cadáveres de seus pares. Talvez o nosso principal traço de compaixão, e também de fragilidade, seja o nosso medo da e reverência à morte. Muitas de nossas angústias e crenças derivam deste horror primitivo. Refletindo friamente, que diferença faz enterrarmos os falecidos numa triste cova, queimarmo-los numa pira, ou expô-los para serem comidos pelos urubus? A carcaça oca que um dia foi gente se desintegrará, seu carbono retornará para a natureza e se reincorporará ao ciclo infindo. A morte é quiçá a grande incógnita da existência. Seria tão somente o fim? Eis a pergunta que está no cerne das questões mais inquietantes. Há Deus? Há alma? Reencarnamos? Vamos para o Céu ou para o Inferno? Isto tudo que vivemos tem algum sentido, enfim? Muitos pensam que se não houver Deus, ou uma existência para além da morte, então nada tem sentido, que estamos aqui sem razão alguma de ser. Talvez. Não seria a maior ironia do cosmo que nós construíssemos cidades e arranha-céus, trabalhássemos para recebermos míseros salários, e sofrêssemos tantos e tantos dias sem nenhum propósito? Não seria esta a maior piada de todas, de um humor negro enlouquecedor? Obviamente que esta não é uma resposta que nos satisfaria. Sou único e especial. Tenho em mim a essência de

Deus, ou dos deuses. Tenho uma missão na Terra. Deixo nos filhos meu legado para o futuro. Assim preferimos pensar. É por isto que velamos nossos mortos, para dar-lhes um último sentido, para assegurar — não aos mortos, que estão mortos e nada veem ou escutam — que nossas vidas não foram em vão. Cuidamos de nossos mortos, vestimo-los e lhes damos um descanso definitivo não por causa deles, mas para nosso próprio bem, para apaziguarmos nossos medos, o nosso terror do fim. Minha mãe foi sepultada num domingo de verão, com um sol escaldante que nos obrigou a acelerar o enterro, pois o odor já empestava a sala de velório. A noite de vigília diante de um corpo revela muito sobre as pessoas. Sempre há aquele curioso que se posiciona logo ao lado do féretro e examina cuidadosamente o morto em busca de qualquer coisa de inexplicável, talvez aguardando algum sinal vital, de que o morto não está morto de fato, ou talvez tentando compreender o que era a vida, e para onde ela foi. Por outro lado, há aqueles que nem se aproximam do caixão, como se a morte fosse uma doença contagiosa. Há os grupinhos de jovens que num canto riem e contam piadas, para quem a morte ainda é um horror distante, isto até que um deles morra embriagado nas ferragens de um carro numa madrugada de festa, assim eles se darão conta que a morte também poderá tocá-los, que não estão imunes, que não são indestrutíveis. Há os que choram desconsolados, como se nada fosse voltar ao normal depois, e há os que se encolhem em silêncio reflexivo. Por fim, há os que só esboçam alguma reação, lágrimas ou gritos, quando o caixão é baixado na cova. Meu pai foi um destes que, no derradeiro instante, apertou as mãos entrelaçadas contra o peito e berrava. Meu amor, não vá! Nós, humanos, temos destas. Para enterrarmos os nossos, não há mais muitas dificuldades. Basta procurarmos uma funerária, pagarmos e eles se encarregam de tudo. E quando morre um cão, a quem recorremos? Nunca havia pensado sobre isto, e não tinha ideia do que fazer com o corpo de Borges. Ele era meu grande amigo e merecia uma sepultura digna. Não jogaria meu amigo embrulhado em sacos numa lata de lixo, nem o lançaria num rio. Eu queria deixá-lo num jazigo bonito, onde ele descansaria, e onde eu pudesse ir e sentar-me próximo dele na hora de relembrar o que vivemos juntos. A sepultura é também um nó de recordações.

**

Ocorreu-me, então, o imenso parque ao longo da rodovia para o aeroporto. Havia uma represa onde os moradores pescavam e as famílias se sentavam no gramado para piqueniques nos finais de semana. Tudo que teria de fazer era pegar o ônibus 86 e desembarcar no caminho. Quando amanheceu, o corpo de Borges ainda estava sobre minha cama e eu não havia dormido um segundo sequer. Desci até uma loja de ferragens e comprei uma pá pequena e, ao voltar para o apartamento, apanhei uma mala e um lençol.

**

Acho que só havia andado de ônibus umas três vezes durante toda minha estadia em Buenos Aires. Preferia as longas caminhadas, às vezes até a Florida ou Puerto Madero, ou, quando necessário, para trechos mais distantes, enfiava-me no horroroso e lotado metrô portenho. Eu não compreendia a complexa malha de ônibus da cidade, para onde eles iam, nem onde eram as paradas. Sabia do 86 porque, no primeiro dia em que pisei no aeroporto e perguntei a um policial como fazia para ir ao centro, ele me disse. Há o *colectivo* 86, mas eu não o recomendaria para um turista. Não com todas estas malas. Entendi o recado e apanhei um táxi. Só que não desta vez. Entrei no 86 puxando a minha mala e me acomodei no fundo, perto da porta. Vi os passageiros que entravam e saiam, aqueles habituais portenhos mal-humorados, os peruanos e bolivianos, todos com semblantes cansados e sofridos. Um jovem de boné e calças largas se sentou ao meu lado e intuí que ele me cuidava de cima a baixo. Não sou do tipo encrenqueiro, que se viraria para este fulano, indagando. O que foi, rapaz? Perdeu alguma coisa aqui? Está me olhando por quê, doido? Já conheci gente assim, que meteria a mão nas fuças de qualquer um por muito menos que isto. A viagem de coletivo foi longa, bem mais de uma hora, enfim, comecei a avistar o parque e apertei o sinal para desembarcar. O jovem desceu atrás de mim e me seguia, enquanto eu caminhava pela relva. Acelerei o passo, pois pressentia que nada de bom viria disto. Foi quando ouvi o jovem gritando. Ei, o que você tem aí nesta mala? Mas eu o ignorei, caminhando ainda mais rapidamente. *Boludo*, o que você está levando aí? Olhei para trás e vi que ele corria atrás de mim. Parei e fiquei quieto. Ele ergueu a blusa e tirou uma faca da cintura.

 Passa isto pra cá!
 Não. Respondi.
 Vai dar uma de herói? Passa esta mala pra cá, *pelotudo*!
 Não.
 Ele se aproximou de mim, apontando a faca para meu peito.
 O que você fará com um cachorro morto? Perguntei, e o ladrãozinho de merda arregalou os olhos.
 O que disse?
 Isto que você escutou. O que você vai fazer com o corpo de um cão? E abri o zíper da mala, desenrolei uma ponta do lençol e revelei-lhe a cabeça de Borges, do meu amigo morto.
 Que é isto, *loco*?
 É o meu cachorro. Vim enterrá-lo aqui. Eu disse, e creio que havia choro engasgado em minha voz.
 ¡*La puta madre que me parió!* E o bandido fez o sinal da cruz. Me desculpe! Sinto muito por seu cachorro... Ele disse, e voltou correndo para a rodovia, provavelmente à procura de outra vítima. O ato de compaixão deste ladrão foi o mais estranho e inusitado que jamais presenciei.

**

Durante um ano e meio, eu não sabia o que escrever. Tinha tantas ideias, tantos projetos, tantos sonhos, mas algo me impedia de redigir a primeira linha do meu livro. Passei a tarde cavando a pequena sepultura onde Borges ficou; junto dele, os restos comidos da primeira edição autografada de *Ficciones*. Depois permaneci quieto e pensativo fitando o lago. Foi neste instante que tudo ficou claro e evidente, ocorreu-me a história que deveria contar. Era simples, não tinha grandes reviravoltas, nem herói nem vilões, apenas a amargura. Ao retornar para casa, liguei o computador e escrevi a linha inicial do romance que gestei durante tanto tempo.

Borges lambia a sola dos meus sapatos.
E ri. E chorei.

epílogo

Este livro é um ato de vingança.
    É a paga pelos vários meses que sofri nesta cidade que me deu e me tirou tanto.
    Amanhã, parto para Paris, temendo que lá a experiência possa ser ainda pior, pois sempre é possível piorar. Despeço-me do meu maior amigo que deixei numa cova de frente para um lago. Despeço-me deste povo mal-humorado, de suas ruas sujas, de seus fantasmas das Letras. Deixo este livro cujas palavras foram extraídas de mim com tamanho sofrimento, como um trágico tango de outrora que brota sei lá de onde.
    Adiós, Buenos Aires. Adiós, Guardia Vieja. Hasta nunca más!

Perúgia-Madri
2012-2013